因为有你

杨薇薇　著

江苏凤凰文艺出版社
JIANGSU PHOENIX LITERATURE AND
ART PUBLISHING, LTD

目　录
Contents

001 | 因为有你
103 | 星期八
201 | 藏兵洞

因为有你

1 2015 故乡 街头

一只断了线的蝴蝶风筝随风飘动着两只翎子飞翔，它飞得越来越低，经过了建筑工地高耸的吊车、脚手架，掠过了起伏的楼群商街的上空，逐渐地接近城市街道上的往来车辆，一阵风大了点儿，它又借着风势飞走，看到这个北方城市的样貌。

罗旭旁白：每年夏天快要过去的时候，我总会特别想回老家看一看。虽然这个城市的秋天短暂到可以忽略，但它却趁冰天雪地到来之前慷慨地献出果实，让你对来年的这个时节充满期待。尽管我已经多年没有感受过它的慷慨，但有期待就是美好的。

2 校园门口

丁零零的下课铃声响起，一群孩子像潮水一样涌到教学楼外的操场上。校门口，孩子们跑向家长，那风筝——一只大的蝴蝶停在树顶，凝视着最后几个接到孩子的家长欢欢喜喜地离去。一个男人仍站在校门口，抬头看着那只风筝，他是成年的罗旭，英气又严肃。

罗旭旁白：我爸说，人开始爱回忆过去，只能证明他老了。可我正年轻，我不好意思直接告诉他，我觉得自己还是个孩子。

一只小手拉拉他的衣角，他低头看，是一个不过七八岁的大眼睛的小姑娘和一个小男孩。

小女孩：叔叔，你能帮帮我们吗？

女孩回头看着那只风筝。

罗旭：（笑笑）你叫什么名字？

小女孩怯生生地不敢回答。

罗旭：你好，我叫罗旭。

说着，罗旭主动伸出手。

小女孩迟疑地望着罗旭，终于把小手放在罗旭的手掌中谨慎地握了握。

小女孩：我叫李佳妮，他叫孙赫。

小女孩回头看一眼小男孩。

罗旭：你们是好朋友吧？

小男孩：（不屑地）一般吧。

罗旭：好了，现在我们是朋友了。

罗旭笑笑。

3 校园树下

罗旭站在树下望着小女孩和小男孩举着大蝴蝶风筝欢天喜地地离去。

罗旭旁白：我有一个好朋友，名字里也有一个“妮”字，她叫林燕妮。曾经也有一个男孩想要为她摘下树上的风筝。

罗旭仰头看着那棵大树，枝叶茂盛的大树。

一根小树枝被撅断了，一个七八岁的男孩小心翼翼地爬到树的高处，伸手去掰第二节树枝。一只风筝近在咫尺，可就算他举着树枝也够不到。

树下，七八个同龄的男孩女孩仰头看着，忍不住大叫：“加油加油！”“快了！”“就在前面！”

一个扎着高高马尾辫的女孩从教学楼径直跑向大树，她看起来比其他的孩子都高。她就是儿时的林燕妮。

小燕妮：（生气地）罗旭，你下来！谁让你爬树了？！

小罗旭：林燕妮，你听着，我要是拿到了，你叫我什么？

小燕妮：叫我燕妮姐！

小罗旭：我说你叫我什么！

小燕妮：我去叫你爸！

小罗旭：我就是你爸！

小燕妮捡起一块石头就往树上扔，罗旭一闪，躲开了。

小罗旭：摔死我你负责！

又一块石头扔过来，罗旭伸手接住了，作势要往下砸，又灵机一动，扔向挂着风筝的树枝，石头打中，树枝震了一下，风筝竟飘飘悠悠地下来了，一群小孩在树下迎着捡。

小罗旭从树上跳下来，挑衅地望着林燕妮。燕妮比他高半头，严肃地看着他。

罗旭：拿来吧。

林燕妮转身就走，罗旭手疾眼快地一把从她手里抢过什么，飞速向教学楼跑去。燕妮愣了一下赶紧去追，拿着风筝的七八个孩子也跟着往楼里跑。

4　教室

罗旭麻利地踩上课桌，墙上的红花榜有两排非常明显：一个写着“林燕妮”，后面跟着最长的一串红花；一个空白的位置最多，那就是罗旭的。小罗旭拿起那个刚从林燕妮手里抢来的小红花橡皮章，往墙上自己的名字后面盖了一朵。

林燕妮冲进教室。

小罗旭：我帮你拿了风筝呢。

小燕妮：那是打赌。小红花是大家选出来的。

小罗旭：有什么大不了的。

说着，罗旭又往自己的名字后面盖了一朵。

燕妮伸手去抓罗旭，小罗旭不接话茬儿却一直躲着，一边还往红花榜上其他几个看起来红花明显偏少的名字后面大方地盖了几个。

小燕妮：明天就开家长会了！

小罗旭：那是！

说着，罗旭又狠狠地给自己连续盖了几朵，小红花已经淡得几乎快看不出印记。

突然，燕妮噌噌两下蹬上桌子，一个反手掰过罗旭的胳膊把他按得跪在桌上。罗旭还没来得及反应，燕妮就一把将小红花夺了过来。

燕妮轻巧地从桌上跳下。

小燕妮：（轻蔑地）盖得再多也不代表你真得了。

说完，燕妮背上书包，拉起一个拿着风筝的女同学的手就要走。

几个小男孩起着哄看着罗旭。

燕妮刚走几步，又回过头。

小燕妮：谁都不许提我爸！这是原则，你懂吗？

说罢，燕妮把风筝扔在地上。

小罗旭：（尴尬而要强地）我是好男不跟女斗，你懂吗？

小伙伴又一阵哄笑。

5　罗旭家　黄昏

小罗旭：爸！我下次不了！

罗旭小脸扭曲着，被爸爸提溜着耳朵拽进房间。

小罗旭：爸！爸！

砰！门关上了。

6　罗旭家　夜　内

抽泣的罗旭捧着一碗面，抽一下，猛吃两口。爸爸坐在他对面，伸手想摸摸罗旭脸上的红肿处，吓得罗旭躲开了。

小罗旭：我得问问我妈，我是你亲生的吗？

罗爸爸作势又要打。

罗爸爸：下次只打屁股不打脸。

罗爸爸草草地吃了两口饭，穿上制服，戴上警帽。镜子里映出屋里一角的柜子上摆放的一张黑白照片，相框下还别着一溜儿罗旭从小到大的照片。

罗爸爸：你长点儿心吧，你老子我还没人敢骂呢，结果被你们老师那一通训。你看看人家林燕妮！三岁看老，以后你就拿个棍子，等着欻狗牙去……

小罗旭模仿着老罗说话的口型，只是没有发出声音。

小罗旭：你去给林燕妮当爸呗！

罗爸爸：兔崽子……

小罗旭：你到哪儿去？

罗爸爸：你管得着吗？

罗爸爸关门出去，罗旭迅速跟到门口听。罗爸爸突然开门，吓了门口的罗旭一跳。

罗爸爸：写完检查赶紧睡，听见没！

门关上了，听上去罗爸爸还特意拿钥匙反锁了几下。

罗旭迅速打开电视和收音机，又跑去窗边，看着罗爸爸从窗下经过，不远处几个孩子还在夜色中叫着“电报取消”。

罗旭打开窗，麻利地爬上窗台，

一阵风把床上的“检查”吹起，纸背面画着一只猪头，箭头——林燕妮。

罗旭的身影就这么消失了。

7 单元门口 夜 外

罗旭从防盗窗比较宽的缝隙里钻出来，小心地踩在窗台上。他家楼层不高，在二层，他轻轻挪几步来到单元口的平台上，熟练地从楼上跳下来。落地的那个瞬间，发现了一双脚，抬头的罗旭坏笑起来。

小罗旭：林阿姨，嘿嘿……

燕妮妈：吃饭了吗？

小罗旭：嗯！

燕妮妈：让燕妮早点儿回家……

说着，燕妮妈停好自行车走进单元门，罗旭朝着玩耍的孩子们跑去。

8 家属院 路灯下 夜 外

小燕妮：……他们飞得很高——那么高，丑小鸭不禁感到说不出的兴奋……

燕妮捧着一本《安徒生童话》朗读着，旁边几个小朋友聚精会神地听着。

小罗旭：跟我爸告状你就兴奋啦？你怎么那么不讲义气？

罗旭身后还跟着几个小孩，窃笑着。

燕妮合上书，还给旁边的小孩，站起身就走。

罗旭从腰间拔出水枪。

小罗旭：林燕妮，嘭……

燕妮快走两步，罗旭追过去，燕妮索性跑起来，罗旭紧追不舍。燕妮突然停下来，看着罗旭跑过，忍不住大笑。

小燕妮：跟我斗，你差远了！无聊！

罗旭气呼呼地望着林燕妮轻快地朝着单元门走去。

罗旭旁白：林燕妮——我最痛恨的人，就是那个别人家的孩子。她像一个咒语，在我的生活里无处不在，当我在学校……

插入：

小燕妮：升旗仪式现在开始。

学校的升旗仪式，燕妮站在主席台上，声音清脆，背后，罗旭在角落里罚站。

罗旭旁白：当我回家时……

燕妮姥姥：罗旭，你爸回不来，还在这儿吃吧。

姥姥端着饭菜，旁边还有是燕妮舅舅、舅妈等一堆人，屋子拥挤不堪。

罗旭旁白：当我玩耍时……

插入：

罗旭把腿伸在二八的大自行车梁下骑得飞快，身后追着一群小孩。他故意骑到燕妮面前，燕妮视而不见。“咣当”一声，罗旭已经连人带自行车都摔出去了，爬起来的瞬间他看到满脸笑容的燕妮。

插入：

小罗旭：人间大炮三级准备——发射！

伴着雄壮的音乐，“人间大炮”小罗旭飞翔在空中。

小罗旭：格德米斯燕妮去死吧！

机亿：阿尔塔夏公主！

金发的公主转过头，竟是林燕妮。

小罗旭惨叫一声，从空中跌落。

罗旭旁白：最可怕的是梦到你讨厌的人，醒来还要见到她。我必须要让她服我。

罗旭揉着惺忪睡眼刚打开门，迎面撞见林燕妮。

罗旭还站在原地恨恨地看着燕妮进楼，一个小胖子跑来。

小胖子：（气喘吁吁地）那儿有个马蜂窝！

小罗旭：哪儿？

小胖子：（用手一指马蜂窝的方向）那儿！还蜇了我一下。

小罗旭：走，去报仇！

小胖子：你有办法？

小罗旭：抓来塞到林燕妮书包里……

9 小区里 夜 外

一群孩子一边叫喊“救命！马蜂来啦！”一边逃跑，罗旭举着竿子跑在最前面，头上包着的毛巾完全没了形状。

罗旭旁白：作为我们小区最著名的“害群之马”，我获得了和林燕妮一样高的知名度。我爸最担心的是有一天会亲手把我抓进监狱，但其实我的成绩不算太坏。

10 窗户

林燕妮趴在阳台上看着窗外，罗旭举着一根点着了火的扫把，燕妮捂着嘴笑了。

11 空镜

家属楼的又一盏灯灭掉时，只听见小罗旭划破黑夜的一声惨叫。

小罗旭（画外）：爸！我再也不敢啦——

12　放学路上　午后

脸红肿了半边的小罗旭手里拎着棒子，一路无聊地打着路边的草，燕妮走在他的前面。燕妮稍一回头，他就赶紧躲起来，再出来时，路上已经不见了燕妮的身影。小罗旭四下张望，终于在远离人群的方向看到了燕妮，她并没有往家走，而是独自走向一条偏僻而宽阔的路。小罗旭突然蹲下，迅速系了鞋带，朝着燕妮的方向跑去。

13　路上　下午

路上的行人越来越少，可以看出已到了城郊。罗旭控制着跟踪的距离，保持不被发现。

14　山路　黄昏

罗旭望着林燕妮顺着山路往上爬，虽然吃力，但完全没有停下脚步的意思。她的小身影被树遮住了，再看时，已经爬上了山顶。

罗旭舒口气，也朝山路进发。

就要看到山顶时，满头大汗的罗旭忍不住停下扶着自己的小木棍歇息了几秒，又加快脚步，终于手脚并用地爬上山顶，罗旭抬头，愣住了。

一棵大树，一座坟，林燕妮背对着他，站在墓碑前。她不过才比墓碑高一点儿，望着对面的山，披着落日的光。

罗旭下意识地往山坡下藏，想想，又探头看。

燕妮坐下了，从书包里掏出一个苹果放在墓碑前。

罗旭爬上山坡，不解地望着燕妮，又很无聊地挥着棍子。燕妮像是伸手擦了擦眼泪，回头看了他一眼。

小罗旭：你不害怕啊？

燕妮没说话，罗旭无法接话，只好站在边上，两个小孩就这样静静地望着夕阳。

15　回家路上　夜　外

两个孩子一前一后地走着、晃荡着，燕妮走在后面，踩着自己的影子，一会儿去踩罗旭的影子。

16　家属院　夜　外

远远望着家属院的灯光，燕妮放慢了脚步。

17　花坛边　夜　外

燕妮趴在花坛边写完作业，罗旭在边上还没抄完上一本，又伸出手来接过燕妮递来的新作业。

两人坐在花坛边。

小罗旭：你不饿吗？

小燕妮点点头。

小罗旭掏出苹果，燕妮惊讶地望着他。

小罗旭：（不好意思地）放那儿没人吃就坏了……

两个小孩你一口我一口地分享着一个苹果。

小罗旭哼着《西游记》的片头音乐，学着孙悟空驾筋斗云，耍着金箍棒站在花坛上。

小罗旭：呔！妖精！

小燕妮笑笑没说话。

远远地有几束晃动的手电筒光线，隐隐听见姥姥呼唤燕妮的声音。

燕妮站起来，停顿了一下，朝姥姥跑去。

燕妮的姥姥抹着眼泪。

燕妮姥姥：真有个三长两短，我可怎么向你妈交代……

小燕妮：舅母说我爸的话都是真的吗？

燕妮姥姥：好孩子，别往心里去……

小燕妮牵起了姥姥的手。

罗旭望着她们，正丈二和尚摸不着头脑之时，罗爸爸不知从哪里跑过来，一把揪起罗旭的衣服领子。他身边还有几个跟随寻找的人，连忙上前拦着。

罗旭旁白：我错过了报复林燕妮的最好机会，并以拐带燕妮的罪名被老罗绳之以法。

小燕妮：（回头喊着）叔叔，不怪罗旭……

小罗旭还是被一路拎回家。

18　罗旭家　日　内

罗旭旁白：我有足够的事实证明我有多么讨厌林燕妮，我爸特别委托她看管我写作业。那几年她长得比我快，我必须叫燕妮姐她才借作业给我抄，抢我东西的时候也特别理直气壮。只有我变魔术的时候，才会觉得自己占了上风。人家老说别和坏孩子玩，但其实我是被她带坏了。

桌上摊着暑假作业，放着切成两半的西瓜，上面插着小勺。两个孩子聚精会神地打着《坦克大战》，一辆坦克冲在最前面奋勇杀敌，一辆忙着抢着吃各种星星。敌军坦克趁燕妮的坦克贪吃时轻松地歼灭了老巢，小罗旭一脸抱怨。

罗旭举着一只手指奋力晃，停下时变成了二，燕妮一个枕头就丢过来。

两个孩子对着双卡的录音机摆弄，一边的卡槽已经被拆下来。

燕妮调着广播，终于，混乱的电波声中出现了清晰的声音。“请听理查德·克莱德曼的钢琴独奏《秋日私语》。”

19　课堂　日　内

小燕妮：（朗读着自己的作文）他很了不起，在美国留过学，会讲流利的英文，还会带我放风筝。爸爸是最疼我的人，他说想我了就会到梦里来看我，可是我从来没有梦见过他。我想人死了就可以变成任何想变的东西，也许他现在是只小鸟，站在树枝上，听见太阳升起的声音，可以飞去很远的地方……

老师和全班的同学都在听着燕妮的朗读。

小罗旭也听得聚精会神。

20 山坡 清晨

小罗旭爬上大树，站在树枝上，望着对面的鱼肚白和彩霞，太阳慢慢升起。

小罗旭兴奋地叫起来。

隐隐好像有声音传来。

小罗旭：我听见太阳升起的声音啦！

隐隐有吱吱的声音，罗旭踩着的树枝在断裂——树枝彻底断了。

小罗旭：（惨叫）啊……

21 罗旭家 日 内

打着石膏的罗旭在屋里看漫画。

燕妮跟着妈妈从罗旭家门前经过。

罗旭旁白：在我最倒霉的时候，讨厌的林燕妮居然连声招呼都没打就转学了。她妈妈有了自己的房子，接她回去住，我想她可能是高兴得根本顾不上我。

窗下，一个男人接过燕妮妈妈手里的小箱子，伸手想要摸摸燕妮的头，小燕妮躲开了。

屋里，罗旭瘸着腿去倒水喝，嘴里还模仿着郑智化哼唱着：“苦涩的沙，吹痛脸庞的感觉，像父亲的责骂，母亲的哭泣永远难忘记……”

门口放着一本漫画书，风吹起漫画，那里面的星矢、紫龙一页页翻过。

罗旭旁白：我觉得世上有两种人，一种永远不清楚自己要干什么，比如我……

小罗旭对着镜子戴上父亲的大盖帽。

小罗旭：不许动，林燕妮！你被捕了！

罗旭旁白：一种是林燕妮这样仿佛生来就有自己清晰的轨迹。

22 小区 日 外

老太太甲：你们燕妮可真有出息，听说到新学校还是门门功课第一名。

老太太乙：长大一定去北京，不是清华就是北大。你就等着享福吧。

燕妮姥姥：平平安安就行啦……

罗旭旁白：不管哪一种，都能长大。

几个老太太和燕妮姥姥一边在院子里晾豆角干，一边聊天。

一只足球不知从哪里飞过来，“咣”的一下直接砸在晾好的豆角上。老太太吓得惊叫。

罗旭旁白：好比甲、乙两地之间有一条公路，小红步行从甲地出发到乙地，小明骑车从甲地出发到乙地，小明晚半小时出发，问小明什么时候能追上小红。

远处一个少年风一样跑来，从灌木后面麻利地捡起球接着跑开。

老太太乙：（追着骂）要死啊！罗旭又是你！

小罗旭边跑边叫：我不是故意的——

罗旭旁白：初中胡闹了三年，疯狂地学了最后三个月，我竟压着录取线考进了重点高中。被下放到郊区派出所的老罗高兴了至少一个礼拜。不知道哪里来的力量，推着我，想快一点儿，再快一点儿。

小罗旭跑着，把足球塞进自行车筐，迅速推着车，助跑，跳上车，骑得飞快。

自行车轮飞转着，和地面摩擦着。

23　城市路上　日　外

长大的罗旭敞穿着高中校服，背着书包，飞快地蹬着自行车，穿行在城市的道路上。他不时回头望着，担心被超车，后面紧跟着另一个骑自行车穿校服的黑壮男生。

罗旭旁白：黑八是到现在还和我密切联系的哥们儿，因为一盘决胜局，率先把黑八干掉，导致我请人吃了一个月的包子，得名黑八。他能上重点是他爸创造的一个奇迹。

黑八：（追在后面喊）What's the time？

罗旭：（伸着脖子回应着）O'clock.

黑八：妈的！ Too late！ Let's go to bed！

罗旭：Let's go to bed together!

两辆自行车互相追逐着穿过街道。

罗旭旁白：那时候我身体里的每一个细胞都在要我奔跑跳跃，不是着急放学，也不是想在女生面前制造飞檐走壁的印象，就是单纯地爱好这个。

24 校园楼道 日 内

新学期刚开学，罗旭奔跑着穿过楼道里的人群，翻过大扫除大家搬出来的桌子，用一个类似汽车漂移的姿势扶住楼梯把手，两步跳下一层楼的台阶，加速奔跑到了楼道的另一端。

奔跑中的罗旭经过楼道里的一个告示栏，一溜照片一闪而过，好像其中有个姑娘。罗旭站在告示前，看到“优秀初中毕业生”的字样。一个扎着马尾辫的女孩，挺着雪白的脖颈，一副骄傲的样子，下面写着林燕妮的名字。

25 高中校园 夏末 日 外

高中校园的大操场上站着一个年级八个班的新生。衣冠不整的罗旭和黑八站在队伍最后，正把一块石头你踢给我，我再踢回给你。

二层主席台上，教导主任正在讲话，远远看去人小得看不清。

主任：我再强调一下校服问题，有的同学穿衣服不穿裤子，穿裤子不穿衣服，或者衣服裤子都不穿，抓到就给你们班扣分。现在就拿两眼的鱼缸（余光）看一看，谁没穿……

学生们一阵哄笑。

黑八没有及时把石头传回来，罗旭顺着黑八的目光，越过人群，看到一个梳着马尾辫的女孩正好侧过脸，偷偷和边上的女生说笑着。马尾辫正是告示栏照片上的林燕妮。

主任：你们穿着这身校服去街上转一圈，回来拍一拍，抖落的不是土，而是一地羡慕的目光。进了一中，你们半只脚就已经踏进了大学校门，但并不意味着进了保险箱。这三年不好好学，一样有考不上的……

26　游戏厅　夏　日　内

台式游戏机画面上，两个壮汉不停发着大招。黑八一拳砸在按钮上，罗旭则得意地挎上书包。两个穿着一中校服的男生在一群小混混的注目礼中，目不斜视地走出游戏厅。就在将要走出门口时，一个染着黄毛的混混撞到了他的肩膀。

27　罗旭家　夏末　夜内

罗旭在课本最后的一页乱写乱画，混乱中，隐约看出一个马尾辫女孩的侧脸。

罗旭旁白：这学校里充斥着一群怪人，有把奥赛书当漫画看的。

28 教室

课间在教室专注打闹的罗旭完全没有注意到身边一个一边挖鼻屎一边专心看书的眼镜男，一屁股坐在眼镜男身上。

罗旭旁白：有声称每天坚持打一小时游戏的。

29 校门口

一个男孩神色严肃地飞快步行着，正在锁自行车的罗旭看见男孩嘴里好像念念有词，但没有发出声响。

30 教室 数学课

数学老师：（语速非常快地）多用一点儿心，不要每天光惦记隔壁班的那谁那谁谁。你现在不学，就考不上大学，考不上大学，就没有好工作、没有好对象。

老师密密麻麻地写了一黑板的函数，罗旭却望着窗外操场上正在上体育课的学生。

数学老师：我讲了这么多，猪都已经记住什么叫周期函数了！

说话间，老师走下讲台关切地看着第一排一个拼命记笔记的女生。

数学老师：你说一下，什么叫周期函数？

女生不知道该不该回答老师的问题。

罗旭旁白：当然总有人是真心热爱学习的。

罗旭很简单地勾勒两笔，一副眼镜，一张嘴，一眼就能看出画的是数学老师。

罗旭旁白：爱劳动，爱这种高中生活的。

31 教学楼 空镜

丁零零的下课铃声。

32 楼道

长长的楼道里，各班教室门口课间休息的男生女生有站着说话的，有打闹的。罗旭从楼道尽头奔来，停在二班教室门口。

罗旭：黑八！

黑八：傻 ×，别老这么叫我。

罗旭：你改名啦？傻 ×。

两人正玩闹推搡，林燕妮从对面教室出来，有意无意地看了两人一眼，罗旭假装没注意。

罗旭旁白：但是林燕妮依旧讨厌，你明明不想关注她，她却总是出现在你的眼前。

33 阳台

罗旭、黑八在二楼的阳台上。罗旭假装不经意地望着林燕妮从门房领了一沓信，正一封封翻看着信封。

罗旭旁白：你不知道她看到你了没有，但你却分明看到了她。

34 公交站 秋日 外

林燕妮和旁边的女生分享着一副耳机，在等公交。罗旭在马路对面看着林燕妮上了公交车，自己朝着相反的方向骑车而去。

接 33 阳台

黑八：（小声地）听说林燕妮特有名……

罗旭：（不屑地）切！

35 教室里

罗旭从门外望着，林燕妮拆开一个信封。伴着上课铃，大家陆续跑回教室。燕妮把信塞回信封，扔在座位抽屉里。

罗旭旁白：在每一个最不恰当的时候，她都恰好在场，这让我无比恼火。

罗旭手里举着一本书，后面一个女生追着抢。林燕妮恰好经过，装作没看见。

罗旭迟到了，羞愧地背着书包站在教室门口，正巧林燕妮抱着作业经过。

罗旭在球场上潇洒地灌篮，林燕妮走过时，他正在起跳的瞬间被对手拽下了裤子；罗旭不经意间看见林燕妮在笑，但林燕妮并没有看着他。

罗旭旁白：最重要的是她的态度，让你极想追上去问个究竟，但却担心人家根本不记得你，或者不愿搭你的话。

体检的学生们排着队，罗旭准备量血压，衣服正脱到一半，好像藏民，身后不知谁叫了声“林燕妮”，罗旭面不改色。

体检大夫（画外）：同学，你家有遗传高血压吗？

罗旭一愣。

罗旭旁白：我怎么能让我的高中就这样被一个讨厌的林燕妮毁掉呢？一年多了我和她连一句话都没说过。我是不能被讨厌的人打败的，我就是我，还要做我想做的。

36　楼道

放学后的楼道空荡荡的，罗旭经过（二）班教室门口，发现里面没人。罗旭左右看看，迅速地溜进教室。

林燕妮的座位抽屉里，几摞书后藏着一摞信封，罗旭拿出来一一看着，信封表面除了“高一（二）班林燕妮”，发信地址只写了“内详”。

罗旭正要拿信出来时，只听有人在门口说话。

教导主任：最后走的关灯锁门！

罗旭连忙装出收拾东西回家的样子。

37　罗旭家

夜里，罗旭独自摆弄着桌上的收音机，胡乱调着台。

收音机：那么多无法诉说的心事，就在午夜里随电波飞扬。小丽点播一首歌，送给洋洋，虽然没有勇气说爱你，但希望你每天都幸福……

38　教室

课间十分钟，罗旭正趴在桌上打瞌睡，听到有同学在门口怪声怪气地大叫："罗旭！有人找……""罗旭……"

坐在最后一排的罗旭扭过脸。林燕妮正站在教室门口，并不管旁边男生女生的目光，朝教室里看着。

罗旭起身朝门口走，旁边男生调戏、起哄似的吹了一声口哨，还有人在哄笑。

人来人往的楼道里，林燕妮竟然站在罗旭班的教室门口，罗旭摸着脑袋出来。

林燕妮：我找你呢……

罗旭：哦……

林燕妮：帮我把这个带给我姥姥。

说着，林燕妮拿出一盒药。

罗旭：啊……

林燕妮：啊什么啊，跟她说一天三次，先吃一个礼拜，别忘了啊！

罗旭：嗯……

林燕妮：别忘了！

说完，林燕妮就在众多同学的注视中，朝着走廊另一头走去。罗旭的教室门口挤着几个好事的同学。

同学甲：（朝着林的背影娇声地）不会忘的……

同学乙：（冲着罗旭）行啊你……

罗旭嘴上不耐烦地说着“去去去”，脸上却忍不住露出微笑。

39　放学路上

罗旭骑着自行车，脸上依然笑着。

40　小公园

黑八一拳打在罗旭脸上，罗旭有点蒙。黑八怒气冲冲地看着罗旭，罗旭回过神，回敬一拳。

罗旭：你没事吧！

黑八：你俩啥时候好上的？！

罗旭：好个屁！

黑八：你动过她没？

罗旭：动个屁！

黑八：（愣了一下）你俩真没好？

罗旭：你什么时候喜欢上她的？

黑八：（执拗又害羞地）说，你是不是也喜欢……她？

罗旭：你还真下狠手？

罗旭揉着半边脸。

黑八：问你话呢！

罗旭：滚蛋！

黑八：说啊！

罗旭：还行吧……

黑八：你俩要真好上了，你得告诉我。

黑八拎起书包要走。

罗旭：然后呢？

黑八：（赌气地）没然后了……你俩就好呗……

罗旭又好气又好笑，拍了拍裤子上的土站起来，搭着黑八的肩膀。

罗旭：我和她统共说了三句话。第一句：哦；第二句：啊；第三句：嗯。

黑八：然后呢？

罗旭：（不正经地）然屁后。

黑八：（甩开罗旭）你要是我兄弟就真不能泡她。

罗旭：（开玩笑地）谁泡揍谁。

黑八：（很当真地）这个好！你把她叫出来，我表个白吧……

41　学校办公室

数学老师：把你爸叫来！我早就想揍你一万遍了，没商量！

语速非常快的瘦小的数学老师手里拿着一本卷起的作业本，揍着高大的黑八，并以非常快的语速训斥着。

数学老师：你是猪吗？开根号，连脑子都不用用；选择题，闭着眼睛蒙都能比你对得多。你爸就是管银行，能给你开银行吗？就你这种智商，去了银行你都算不清钱数。你这都已经高二了，眼看就要高三，就你这一张卷子，能把整个年级的智商都拉下来……

林燕妮放下一摞作业本，从办公室出来，看见罗旭躲在外面等着黑八，向罗旭撇撇嘴。

42　从楼顶俯视操场　傍晚

瘦小的数学老师穿过操场，学生们也背着书包陆续出门。

黑八和罗旭站在楼顶的平台。

罗旭：还是把数学老师揍一顿吧……

黑八：还不如跳楼算了。

罗旭：你没那么强的自尊心好吧？

黑八：（夸张地）这让林燕妮怎么看我……

突然，背后传来林燕妮的声音。

林燕妮：我猜你们就在这儿呢……

罗旭和黑八惊了一下。

罗旭：我们有这么熟吗？

林燕妮：（不屑地）这可是我先发现的地盘，你们老在那儿……

说着，林燕妮指了指歪歪扭扭写着林燕妮名字的边墙。

林燕妮：我老在那边。

罗旭：我以为只有不爱学习的才到这儿来……

黑八：（特别羞涩地）你和我想象的不太一样……

林燕妮：说得你好像很了解我似的。

罗旭：你放学不用回家吗？

林燕妮：可以不想回吗？

黑八：你也没考好？

林燕妮歪着头没说话，三个人都没说话，静静地望着远处的天空。

罗旭：每天早上走进这个灰色的学校，生命就像流进一个暗色的甬道……

黑八：你会写诗啊？

林燕妮：那边墙上写的。

罗旭：原来大家都这么烦。

黑八：我以为你特爱学习呢。

林燕妮：你才爱学习呢，你全家都爱学习。你们不想离开这儿吗？

黑八：逃学？

林燕妮：逃离这个城市……

罗旭：去哪儿？

林燕妮：北京啊……

黑八：北京应该在……那个方向！

罗旭：（纠正）那儿！

林燕妮：是那儿！

三人远望着一个方向。

罗旭旁白：讨厌的林燕妮莫名其妙地成了我和黑八的精神领袖。我和黑八固执地认为，她一定是喜欢我们其中的一个，或者是两个都喜欢。至少和我俩在一起时，她说很放松，可我并不知道她紧张什么。

43 考试

每个人都在汗流浃背地奋力答卷，有人写字疼得直甩手。

44 空旷的楼道里

黑八、罗旭一声怪叫，一层的感应灯亮了，林燕妮跟在他们身后，跑着上第二层。

45 考场

老师好像警察一样，密切观察着，罗旭刚伸了一半儿的懒腰，吓得赶紧收回去。

46 楼道

又一声怪叫，一层灯亮。

林燕妮跑得气喘吁吁。

罗旭：你也试试。

林燕妮上气不接下气，发泄似的叫了一声，楼道里的灯应声而亮，三个人莫名地欢呼着。

47 楼道

月光从楼道一侧的窗户透进来，黑八和罗旭一个靠墙而立，一个坐着。林燕妮看着窗外。

空荡的楼道里回响着林燕妮的清唱，声音清澈。

I can show you the world
Shining , shimmering , splendid
Tell me, princess , now
When did you last let your heart decide
I can open your eyes
Take you wonder by wonder over , sideways and under
On a magic carpet ride
A whole new world
A new fantastic point of view

罗旭痴痴地望着林燕妮专注地唱，月光勾勒出林燕妮微微扬起的侧脸，她的眼神中充满期待。

一束手电光打来，只听见是教导主任的声音。

教导主任：你们是哪个班的？！

林燕妮的歌声骤停，连忙用手挡住光。罗旭一把拉起林燕妮的手就跑，黑八也赶紧爬起身跑，手电光追在后面。

三人三步并作两步地跑下楼梯。

教导主任：（边追边喊）站住！我认出你们了！

夜里，两辆自行车，三个黑影冲出校门。

48 马路上

胜利逃亡的三人骑着自行车飞驰在马路上，罗旭驮着林燕妮。

林燕妮：（放声唱着）

No one to tell us no or where to go

Or say we're only dreaming

A whole new world

A dazzling place I never knew

……

49 罗旭房间

罗旭关着门，在纸上画着林燕妮的头像。白纸上，林燕妮的素描头像惟妙惟肖，画的尺寸虽然不大，但非常精致。

罗旭拆掉一个相框，把林燕妮的小像装进去。

50 商店

罗旭看着售货员包装画像。

51 罗旭房间

罗旭对着镜子，清清喉咙。

罗旭：（认真严肃地）生日快乐……

罗旭对自己的表现很不满。

罗旭：（嬉皮笑脸地）哎，我说，恭喜你又老了一岁啊！

罗旭还是很不满意。

罗旭：（不屑地）拿去吧，画着玩儿的。

罗旭依然不满意，突然向后倒在床上。

52 二班教室外

一个戴眼镜的男生拿着一个札记本和一个苹果等在门口，眼巴巴地往里看。

黑八和罗旭上前，搭上男生的肩膀。

黑八：你找林燕妮是吧？

罗旭：交给我吧，我帮你给。

黑八强行接过男生手里的札记本和苹果。

罗旭：放心放心，一定交给她。

眼镜男生半信半疑地走了。

53 天台

黑八和罗旭翻看着男生的札记。

黑八：这字写得跟苍蝇腿似的，还不如我写的呢。

罗旭：好像他家特有钱是吧？

黑八：我爸还是银行行长呢。你看这句："我想我会努力和你考上同一所大学。"

罗旭：很痴情！就是长得寒碜……

黑八：（恶狠狠地）揍他！

54 校园

林燕妮、罗旭两个人远远看着黑八拍拍眼镜男生的肩膀，像好兄弟一样。眼镜男生抹抹眼泪，把札记本装进书包。

林燕妮：黑八欺负人家了？

罗旭：黑八只能被人欺负……

罗旭拿起那个苹果丢给林燕妮，林燕妮很默契地接住。

林燕妮：你居然会带苹果？

罗旭：Come from America......

林燕妮笑着，狠狠地咬了口苹果。

55　校园一角

一只打开的首饰盒，一串金色的项链。黑八拿在手里，下意识地伸手挠挠头。

林燕妮看看罗旭，又看看黑八。

罗旭：这小子真下血本。

黑八：他说是送你的生日礼物。

林燕妮接过首饰盒，看了看，扣上盒盖。

罗旭：啊？！你就这么收下啦？

林燕妮：嗯，不然呢？

罗旭：君子爱财，取之有道啊！你要……

林燕妮头也不回地走了，丢下罗旭、黑八两人大眼瞪小眼。

56　校外的路上

罗旭、黑八两人远远看着林燕妮拍拍眼镜男生的肩膀，像好兄弟一样，眼镜男生抹着眼泪，把首饰盒装进书包。

眼镜男孩默默地走了。

林燕妮朝着罗旭、黑八走来，脸上带着胜利者的笑容。

罗旭：瞧瞧，什么叫作富贵不能淫。

林燕妮：尽形寿，不淫欲，汝今能持否？

罗旭：（学着《少林寺》里的样子装作痛苦地）能……持……

林燕妮笑了。

林燕妮：小小年纪，学人家早恋。

罗旭：哟哟哟，搞得你好像就没有喜欢的人似的……

林燕妮白了罗旭一眼。

罗旭：（嬉皮笑脸地）说吧，那个每个礼拜给你写情书的是谁？

林燕妮脸色一变，转身走了。

黑八：你太直接了吧。

罗旭：（朝着林燕妮的背影）不说就不说呗，那么玩不起啊？

57　路上　日　外

一辆公交车起步开走。

林燕妮独自走在路上，昂着头，旁若无人。

罗旭和黑八从后面追上来，一左一右地围着林燕妮。

罗旭：兄弟一场，走啦……

58　蛋糕店　日　内

小小的蛋糕店里，三人围坐在桌边，守着一个蛋糕，蛋糕上插着三根蜡烛。

林燕妮闭着眼睛对着蜡烛默默许愿。罗旭和黑八望着林燕妮慢慢睁开眼睛。

黑八：你的愿望里有我们吗？

林燕妮笑笑不说话。

罗旭：说了就不灵了……

林燕妮一鼓作气，吹灭了三根蜡烛。

林燕妮：一人一口，吃完赶紧回家。

说着，林燕妮用小叉子把蛋糕分成三份。

黑八：（看着罗旭那块）你那块有草莓，给我尝一口。

罗旭：（不信任地）就一口！

黑八硬掰过罗旭的手，突然伸出舌头把蛋糕狠狠舔了一圈。

罗旭眼珠子都快掉出来了，情急之下直接把蛋糕糊在黑八脸上。

看到林燕妮在笑，罗旭和黑八很默契地一人往林燕妮脸上抹了一块蛋糕。

店员嫌弃地从他们身边经过，用餐巾纸擦掉地上的蛋糕。

林燕妮回头时忽然发现柜台边的玻璃橱窗里放着一只八音盒，她好奇地拿起来，八音盒发出叮咚的音乐。

店员很认真地从林燕妮手上拿走八音盒，放回原处，擦了擦旁边的小牌子——牌子上写着“请勿动手”。

林燕妮有些不好意思。

59　路上　傍晚

罗旭：切，等我有钱了，开一家店，摆满蛋糕、八音盒、玩具，随便你想怎么玩怎么玩，想怎么动怎么动。

林燕妮笑了笑。

林燕妮：吹牛遭雷劈啊。

黑八：让我爸给你贷款。

罗旭：让我……当保安……

黑八：你爸不是主任吗？燕妮，你爸干点儿啥……

林燕妮愣了一下。

罗旭：（连忙接过话）VIP！ VIP 顾客，终身免费……

林燕妮又笑了。

三人边说边笑的背影消失在路上。

罗旭旁白：吹牛最大的好处在于让人满足，那种飞越了全部过程的充满希望的大话，比实现的结果更令人快乐。于是，在我漫长的青春岁月中，我始终相信，想象力是快乐的源泉；于是，在我的想象里，林燕妮始终都是我的初恋的以及终生的女朋友。

60　罗旭家　夜　内

摊开的一摞摞题集上密密麻麻的习题，罗旭无心去做，他拆开包装好的礼物，看着画像里的林燕妮。

罗旭很贱地飞吻了一下，自己又捂住脸，一副很不好意思的样子。

罗旭旁白：然而她是近在咫尺的，又是遥不可及的。她是那么让人喜爱，就连门口新来摆摊的大叔每次都要多给她一只茶蛋。虽然每次都进了我的肚子，但大家喜欢的是她。

61 元旦联欢会

台上的林燕妮在唱歌。台下的罗旭假装和黑八悄悄打闹，却总是忍不住望向台上。

62 校门口

林燕妮躲着卖茶蛋的摊，大叔却追上来硬往她手里塞着鸡蛋。

63 教室

林燕妮一个人坐在教室看书、做笔记，罗旭无聊地坐在桌上，突然发现林燕妮课本下藏着课外书。罗旭一把夺过来，高声朗读。

罗旭：（一边躲着林燕妮，一边胡乱读着）

当你老了，头发白了，睡思昏沉
炉火旁打盹儿，请取下这部诗歌

你还写诗呢？

林燕妮：没文化的，拿来拿来……

罗旭：又不是黄色小说……你怎么看这么起劲。

慢慢读，回想你过去眼神的柔和

回想它们昔日浓重的阴影

罗旭：接得出下句我就还你……

林燕妮歪着头想了片刻。

林燕妮：再给我看一眼……

64 放学路上 黄昏 外

罗旭陪林燕妮在公交车站等车，只听林燕妮轻声细语地背诵着。

林燕妮：

多少人爱你青春欢畅的时辰
爱慕你的美丽，假意和真心
只有一个人爱你朝圣者的灵魂
爱你衰老了的脸上痛苦的皱纹

罗旭望着夕阳下的林燕妮，忍不住伸出手想去将散落的那几缕发丝别在她耳后，突然听见警车扩音喇叭的声音。

扩音喇叭：罗旭，罗旭……

罗旭、燕妮吓了一跳，回头看见一辆警车。

65 饭馆 黄昏 内

罗旭、罗爸爸、林燕妮三个人坐在饭馆里。

罗爸爸点了一桌菜，林燕妮和罗旭略显紧张和不自然，手都不知道往哪儿放。

罗爸爸开了一瓶酒，大大方方的样子。

老罗：（拍了拍罗旭脑袋）快，招呼你班长吃啊！

罗旭觉得像受了歧视一样，别过脸不说话。

林燕妮：罗叔叔，不用这么客气。

老罗：我这个儿子，我是管不了，你帮我管。小班长，你的那些什么学习经验多教教他。

林燕妮看着罗旭厌烦痛苦的表情，忍不住偷笑。

老罗：吃，吃完了叔叔送你回家。

老罗自斟自饮起来，还不忘给两人夹菜；林燕妮吃得很矜持，罗旭埋头根本不愿看父亲。

66　罗旭家

罗旭自顾自地进屋，不愿搭理罗爸爸。

老罗：你要是能把林燕妮追到，我倒也不反对，关键是人家看得上你吗？

罗旭重重地关上门。

老罗不依不饶地追过来。

老罗：再开学就是高三了，你看着，一上大学你们就立见高下。

罗旭：（在屋里喊）一个月也见不着你几面，你还记得我高三啊！？

老罗：（迟疑了一下）啊！嗯，不是吗？

罗旭自己坐在书桌前摊开习题，看一眼，走一下神。

67 动员大会

红色的横幅写着“流血流汗不要考完流泪”。

礼堂里满满当当地坐满一个年级的学生。

教导主任：我知道你们苦；你们累，真正是披星戴月、早出晚归，有的同学累得头发都一把把掉，老师非常感动。你们一辈子都要记住一件事，就算再痛苦，也要熬过去，高考，是相对唯一公平的平台，你值得拥有。还有一百天，就一百天，再加把油，不要打球了，不要再想着隔壁班的那个谁谁和谁谁……

罗旭望着远远坐在那头的林燕妮，林燕妮低着头像是心事重重。

教导主任：跟我一起，我行我行我能行！

学生们好像传销组织一样，高昂地振臂高呼。罗旭不屑地笑着，望着林燕妮心不在焉的样子。

68 教室

林燕妮看着刚发下来的卷子出神，突然一把把卷子揉成一团。

69 放学路上

罗旭远远看见林燕妮，正打算叫她一声，只见林燕妮朝着一条从没走过的路去了。

如同他们小时候一样，罗旭悄悄跟在后面。

70　路上

罗旭追上了林燕妮，两人并肩走着。

71　山顶　黄昏　外

罗旭把包好的礼物塞进书包，推着自行车朝等在路边的林燕妮跑去。

林燕妮：（笑嘻嘻地）怎么了，神神秘秘的……

罗旭目光游移的时候忽然发现林燕妮书包里隐隐能看到花。

罗旭：哟哟哟，哪个不怕死的敢追你啊！？

林燕妮：没事儿吧你……

罗旭：是那个每个礼拜给你写信的小子吧？

林燕妮：不行啊？

看罗旭强忍着不悦，林燕妮一下就笑了。

林燕妮：这是我买给我妈的……

罗旭：我什么都没问。

林燕妮：幼稚！说吧，让我等着你干吗？

罗旭：怕你生活不能自理。

林燕妮：想送我回家就直说呗。

罗旭：你一个女生，就不能矜持一点儿？

林燕妮：今天真不行。

两人并肩坐在小时候出走时去过的山顶，望着远方的落日。

罗旭：一次模考说明不了啥。

林燕妮没说话。

罗旭：你该向我学习，把心放大……

林燕妮还是没有说话。

罗旭：你不说话的样子很吓人的，你知道吗？你一个考前二十名的，在我倒数十名的面前难过，到底有没有同情心啊？

林燕妮：（突然笑了一下）你会永远逗我开心吗？

罗旭被这突如其来的问题问得愣住了，忽而又嬉皮笑脸起来。

罗旭：看情况吧……你干吗一不开心就来这儿啊？

林燕妮：风景好。

罗旭：（指着墓碑）你是女鬼变的吗？（抱着墓碑）对不起，我到家了……

林燕妮笑了。

林燕妮：（欲言又止地）你不懂。

罗旭：你爸……你妈现在的男人对你好吗？

林燕妮：离了……但是还住在一起……

罗旭：那干吗还住……

林燕妮：不说这个了好吗？他们都对我很好。我能离开这儿吗？

我要去找我爸爸，他在北京……

罗旭：能，当然能！你不光能去北京，还能去纽约。

林燕妮站起来朝着山那边大喊。

林燕妮：（喊着）我可以！

罗旭：你可以！

林燕妮看了罗旭一眼。

罗旭：（改口）我也可以！

两人都笑了。

罗旭：燕妮，我……

林燕妮：（心领神会地）什么都不用说，好好考试，不然一切都没有意义。

远山上，树下，两人的身影。

罗旭旁白：林燕妮是一个谜，她总有一种能力让你在无限靠近时还保持着距离，但你忍不住想对她好。连刻薄的数学老师都愿意给她开小灶，我和黑八当然也沾了光。

72 数学老师家

拥挤狭小的房间里坐满了补课的学生，老师在家里开着第二课堂，白板上写着天书一样的复习要点，有坐不下的学生已经坐在马桶上，不时探头出来。罗旭、黑八、林燕妮都在其中，数学老师呕心沥血地讲着，唾沫飞溅。

73　教学楼大厅

一块高考倒计时的牌子高高挂着。

罗旭经过时看了一眼，距离高考还有六十天。

74　空镜

夜晚的教学楼灯火通明，高三教室的一层楼灯火通明。

老师翻过倒计时牌子，五十九天。

75　校门口　夜　外

刚刚结束晚自习的学生在旁边摆摊的大叔那里买着茶叶蛋，林燕妮故意躲得远远的，罗旭目送着她独自走在路灯下。

76　教室　日　内

倒计时牌三十天。

清晨，天还没有大亮，高三的教室里就已经开始了早自习。

罗旭经过燕妮的教室，看见她早已开始看书。

77　楼道　日　外

各班教室里的电视上在播放校长讲话：

校长：悠悠万事，高考为大，我们将严格执行国家高招政策，全力以赴抓好各项考务工作。我希望全体高三同学都要调整心理，相信我们自己的实力，毕竟我们是重点学校的学生，毕竟在今年几次模拟考试中，一次比一次有提高，一次比一次显现优势。

罗旭站在广播室门口，满脸通红，被要求一手拎着试卷，一手拎着书包罚站，站不稳还稍稍有点晃荡。教导主任从广播室出来，经过他，闻到一身酒气，忍不住皱起眉头。罗旭收敛了一些站好，看着主任忍着尿急的样子，直接奔去厕所。

罗旭探头看看，广播室内空无一人，电视机播放着校长讲话的录像带。

林燕妮和周围的同学一样，在没有情感的讲话中，低头看书，偶然抬头看看电视。

校长：同学们一定要有自信心，一定要克服浮躁心理、焦虑心理和紧张心理，特别要注意安全，注意休息，注意饮食卫生，遵循平时已经养成的生活和学习习惯。

突然校长的讲话中断了，电视上一片雪花，林燕妮和同学、老师们纷纷抬起头，一脸茫然。

电视上突然出现了乐队演出的画面。

今天我寒夜里看雪飘过
怀着冷却了的心窝漂远方
风雨里追赶

罗旭在广播室，锁上门，像享受一场个人的演唱会，自己跟着唱起来。

雾里分不清影踪

天空海阔

你与我可会变

多少次迎着冷眼与嘲笑

每个同学都认真地看着电视机里的演唱会。

走廊里高三各班的老师们纷纷打开门，搞不清状况地彼此看着。

主任在广播室门口使劲敲门、推门、砸门，拧着门把手，屋里的罗旭全然不顾，自顾自地唱着。

几个校工从远处跑来，主任转过脸，却听到唱歌的声音越来越大，是从楼下高三那层传来的。

从没有放弃过心中的理想

一刹那恍惚

教室里的学生们放肆地跟着唱着，有人敲打着桌子，有人起哄。

若有所失的感觉

不知不觉已变淡

心里爱

原谅我这一生不羁放纵爱自由

也会怕有一天会跌倒

背弃了理想谁人都可以

哪会怕有一天只你共我

78 高考考场外

高考的考场外等候着众家长。

考场内纪律森严。

考生们走出考场，有人欢笑，有人抹着眼泪。

罗旭旁白：三天过后，我们有一个暑假可以肆无忌惮地挥霍，什么都不用想，什么都不用做。可以打篮球、打游戏，或者就是什么都不做地在大街上闲逛，假装自己是个流氓。林燕妮后来说那是她高中三年来最轻松的日子，那时她的愿望也很简单，就是想看看迪厅、酒吧什么样。终究是没有什么可以阻挡的。

79 公路上

罗旭、黑八并肩奋力地骑着自行车，故意骑行在一辆公交车前面，公交不管往哪个方向，他们都故意骑在那公交前面，车慢点他们就慢些，公交快些他们便更快。

80 车站

公交车到站打开门，林燕妮从车上下来，又想笑又无奈。

81 黑八家

罗旭、林燕妮跟着黑八进入他家的复式小楼，林燕妮显然惊讶于黑八家的宽敞阔气。

林燕妮：换鞋吧，要……

黑八：（急匆匆地冲进屋）不用不用。

罗旭更是拿自己不当外人地招呼林燕妮。

罗旭：坐呗。

黑八打开柜子，往外翻腾着烟、酒、礼品，摆在地上。

罗旭：你爸发现会不会揍你？

黑八：随便拿，他发现不了。你打算送啥？

黑八回头问林燕妮。

林燕妮看看烟酒，觉得不合适又放下。罗旭也帮忙翻着，打开一个礼品盒，里面放着一条皮带。林燕妮有意地多了看两眼。

黑八：孙老头不错，最后那道大题跟他压得差不多……

罗旭：跟谁差不多？

林燕妮：我拿这个行吗？

罗旭：行啊！我送烟，你送酒，燕妮送皮带，就这么定了。

林燕妮接过皮带，点点头。

82　罗旭家　日　内

窗帘被粗暴地扯开，罗爸爸背着包，还穿着值班的警服，像一夜没睡的样子。他更粗暴地掀开罗旭的被子，上来就是一巴掌。

老罗：快起来！！

罗旭惨叫一声。

老罗：都几点了，你不考试啊！

罗旭：考完了好吗？！

老罗：（愣了一下）哦，真考完了？

罗旭：嗯……不然呢？你对犯人都比对我上心。

老罗：（愧疚又讨好地）考得怎么样？

罗旭：不用你管。

老罗：（故作生气的样子）赶紧考走，离我越远越好。

罗旭：你以为我不想？！

老罗：报了哪里的学校？

罗旭：（没好气地）北京。

老罗：能考上吗？

罗旭：不知道。

83　学校　日　内　外

操场上零星走过一两个来拿录取通知书的学生，教学楼里偶尔传出一两声欢笑。

84　办公室　日　内

罗旭、黑八、林燕妮，还有几个补课的同学围着数学老师，桌上摆着那天从黑八家里偷拿出的烟酒。

数学老师：不要不要，已经收了你们补课费，你们考上了老师就很高兴了。虽然骂你们很多，但是老师觉得骂得对。

黑八连连点头，和旁边的同学说笑，没有注意到林燕妮有点不好意思地拿出礼物。

林燕妮：（低着头）老师，这是我这三年摘抄的诗和名人名言……送给老师做个纪念。

数学老师：（突然很感动）这个太贵重了。

罗旭专心地看着林燕妮拿出的那个珍藏的笔记本。

数学老师：你们都考上了大学，就是给老师的最好的礼物……燕妮报的是外语学院吧。

林燕妮点点头，她发现罗旭在看她和那个日记本，便刻意地不去看罗旭。

数学老师：（感叹地）未来终归是你们的……

85 饭店包厢 夜 内

数学老师：说句实在话，我也有爱，常思念那个梦中的她，梦中的她……

瘦小的数学老师已经喝多的样子，放声唱着《说句心里话》，酒桌上的同学们也在互相扶着肩膀互诉衷肠。

罗旭坐在林燕妮身边，两人也是喝多了的样子。

罗旭：你早说那皮带弄丢了，我给你找个别的送啊，那个本子你还不如自己留着呢。

林燕妮突然笑了，一副已经醉了的模样。

林燕妮：终于可以离开了……你开不开心？

罗旭：（故意说反话）开心，干吗不开心，大学可以随便混，随便恋爱，想干啥就干啥……

林燕妮笑着笑着，却越笑越难过。

林燕妮：我在北京，你在成都，黑八在家……要分开了，对吗？

罗旭突然抓起林燕妮的手，拉着她要往外走，醉醺醺的黑八正好过来，拉着林燕妮坐下，罗旭只好松开。黑八握着林燕妮的另一只手，自己蹲在旁边。

黑八：（舌头已经不利索了）我们，我们仨，不能就这么断了，记住了吗？我一直想跟你说句话，憋在我心里已经三年了……其实……

突然黑八忍不住要吐，跌跌撞撞地跑出去，罗旭也跟着出去，只听见呕吐声传来。

数学老师还在忘情地唱歌。

数学老师：同学你今天就要远走，干了这杯酒……

林燕妮很出神地坐在那里一动不动。

罗旭旁白：林燕妮从来不相信什么天长地久，但那天她说希望时间就此停下来，那也就算是天长和地久了。也许那时候的林燕妮早已经下定决心，再也不会回来。

86 火车站

罗旭旁白：小时候老罗带我去过一次北京，那是我第一次出远门。对未来一知半解的憧憬，让我兴奋地从车头跑到车尾。

站台上，有奔跑追逐的孩子经过林燕妮，冲上车厢。陪在林燕妮身边的只有她的妈妈和一只硕大的红色箱子。

林妈妈在叮嘱着什么，林燕妮却心不在焉地朝着进站口那里看去。人来人往的进站口，都是陌生的人带着他们的行囊，匆匆来往。

罗旭旁白：林燕妮已经不是孩子了，她知道自己要什么，就好像我一直不清楚自己要什么一样。直到她离开，我才意识到，这不是一场梦，而是一次长久的分别。

好像有人从远处望着燕妮登上火车。

林燕妮坐在车厢里，透过绿皮火车开着的车窗可以看到，林妈妈有些伤感地拉着林燕妮的手。

笛声鸣响，车轮在铁轨上缓慢地启动。

妈妈恋恋地放开手，而燕妮脸上始终挂着微笑。随着列车起步的节奏，她又一次看向进站口，恍惚看见柱子后面晃过罗旭的身影。

罗旭旁白：我记不清，我是不是真的没去火车站送她，可她离开的情景却总是真真切切，这导致我这么多年都坚决不去送站，因为惧怕看着一个人从眼前被带走，却不知道什么时候才会回来。我想我本不是这么多愁善感的人，可我分明记得那年夏天，我是哭了。

罗旭望着车窗里的林燕妮，他朝着那已经启动的列车走去，继而跑起来，可火车却开始越来越快。燕妮被风吹乱了头发，越来越远，不知道她是不是真的看见了。

87 罗旭家

睡梦中的罗旭眼边湿润着，像流了泪。

他伸手抹抹，假装从没哭过，望着天花板。

罗旭旁白：我可以每天都给她打电话，可以每个月跨越半个中国去看她，然后呢，然后的然后呢？也许就像黑八说的，林燕妮是活在我们想象里的，其实从来没有在我们的生活中。

88 大街

罗旭骑着自行车漫无目的地游荡在街上。

林燕妮带着她的红色行李箱走在校园中，一个高年级的师哥迎上来帮忙搬行李。

摆满架子床的拥挤宿舍里，拨开垂下的毛巾，林燕妮在门后打着电话。

燕妮抱着一摞书往图书馆走，抬头看见那个帮忙拿行李的师哥正站在面前。

罗旭旁白：没能考去北京没什么大不了的。原本我家老罗打算安排我去警校，二类本科也是大学，老罗已经谢天谢地了，可我确实感到人生无比灰暗。

89　路边电话亭　夜

夜里，罗旭骑着自行车漫无目的地游荡在街上，经过 IC 卡电话亭边，看到有人捧着电话甜蜜地聊着。

90　燕妮宿舍　夜　内

同宿舍的姑娘们叽叽喳喳地拿着新买的衣服、化妆品在彼此试用。

林燕妮在上铺偶然参与意见，一个短发姑娘拿着一件新买的内衣比画着。

林燕妮：这个好看。

短发姑娘：我也喜欢这个。

另一个辫子同学：燕妮你的电话……（很诡秘地笑着）好像不是上次那个哦……

林燕妮一边接过递来的电话，一边努嘴示意不要打趣她。

林燕妮：（接着电话）黑八，你咋样啊？嗯，还有啊，罗旭那个家伙打了几个电话以后彻底失联了，我给他写信他也不回……我不一定，也许不回家了……

91　罗旭家　夜　内

屋里摆放的行李还没来得及打开，罗旭咕咚咚一口气喝了一大杯水，老罗坐在他的对面。

老罗：如果你已经决定退学了，爸支持你，复读就复读。

罗旭喝完水，像喝了一杯烈酒一样抹抹嘴。

罗旭的小房间里，他擦干净桌子，摊开书本，摆上了给林燕妮画的小像。

92　林燕妮宿舍　冬　夜　内

短发女生拎着行李走了，宿舍里只剩林燕妮一个人。

短发女生：你不回家过年吗？

林燕妮：我妈会来北京的。

短发女生：对了，这个给你，我穿着太大……

林燕妮有点不好意思地接过短发女生递来的内衣。

93　北京街头　冬　夜外

马路边，林燕妮守着一桶玫瑰，向路边的人兜售，但几乎没有人买。

一辆车经过，停下了。

车开走了，林燕妮面前一朵玫瑰都没剩。她一边往手上哈气，一边把钱装起来，然后抬头看看天上飘落的雪花。

罗旭旁白：事实证明，复读是我上半辈子最对的选择，我不仅考到了北京，还是一所令人羡慕的学校、一个令人羡慕的专业。也许我建不了万里长城，但至少我走完了万里长征的第一步。

94 空镜

北京的城市。

春暖花开。

95 长城 夏 夜 外

长城脚下，军训的学生们围着篝火在唱歌。

96 外院校园 夏 日 外

罗旭骑着自行车守在外院的大门口，面对着一块刻着“实事求是”的大石头。他身边跟着一个瘦弱的眼镜男生，校园里往来的女生居多。

眼镜男生：人家能理我们吗？

罗旭：学着点儿。

说着，罗旭长长地吹了一声口哨，若干女生回头。眼镜男生正讪讪笑着，一个巴掌拍在罗旭后脑勺儿。

林燕妮：刚大一就嘚瑟，跑来勾搭外院姑娘啊？！

罗旭：我这么一表人才，只能被勾搭。这是我们班的……

眼镜男生：（礼貌地伸出手）我叫包爽。

林燕妮和罗旭同时笑了。

眼镜男生：你好，林燕妮，常听罗旭提起你。

林燕妮：他像不像……

罗旭：是！我就是觉得他像。

包爽：谁？

罗旭：包爽呗，周末爬山去吧……

林燕妮：（笑了笑）先带你参观我们美女如云的食堂。

97 罗旭宿舍 秋 日 内

罗旭靠在上铺摆弄吉他，有点专注，也有点寂寞。同寝室的人陆陆续续地进来，像是刚刚下课，包爽坐在他斜对面的下铺。

包爽：你的办法好像不太灵哦……

罗旭：喜欢也不能追太紧，追的人累，被追的也累。

包爽：为啥？

罗旭：都在跑啊。

罗旭一边继续摆弄着吉他，一边在纸上写写画画。

罗旭旁白：林燕妮不会轻易委身于人，我了解她，就像了解我自己。她说在上课就一定是在上课，说在打工就一定是在打工，千纸鹤、红蜡烛对她丝毫不起作用，因为她是林燕妮。

98　某别墅区　夏　日　外

罗旭一身很文青的打扮，经过他身边的小区保安很警惕地看了他一眼。

林燕妮从别墅里出来，女主人和小孩送她出门。

女主人：“跟老师再见”怎么说……

小孩有点张不开口。

林燕妮：OK , go ahead.

小孩：See you !

女主人：司机进城，可以捎你……们一段……

林燕妮看了一眼刚刚走过来的罗旭。

99　路上车内　秋　日

一辆奔驰车的后备厢半盖着，里面塞着罗旭破旧的自行车。

车内，罗旭很兴奋的样子，四下摸着，滔滔不绝。

罗旭：哇，“笨死”啊……我还是第一次坐“笨死”。

林燕妮坐在后座有点不好意思。

罗旭：（冲着司机艳羡地）让我开一下吧。

林燕妮：（笑着赶紧拦住）你有驾照吗？

罗旭：（理直气壮地）当然没有啦！

罗旭突然不安稳地摸着座位。

罗旭：真皮座椅就是热。

司机：同学，你刚把电加热打开了……

罗旭：实践是检验真理的唯一标准。

罗旭伸手把电加热关了，林燕妮哭笑不得。

林燕妮：（打趣地）能不能不要给母校丢人了。

罗旭：母校还指望我增光添彩呢，周六一定来啊。

林燕妮：我还要上课……

罗旭：We are Classmate , OK ?

林燕妮：Classmates。

罗旭：（无奈地）classmates。黑八都要过来的！

林燕妮：呼我吧，到时再说……

罗旭：（转过脸）好吧，还有 BP 机，你真牛。

100　小礼堂

台上，三人美声小合唱《在那桃花盛开的地方》正在表演。

罗旭躲在一边打着 IC 卡电话。

罗旭：（有些失落地）呼 1205，姓罗，东门小礼堂，等你。一分钟呼一次，帮我连呼五遍。

传呼台：对不起先生，您可以隔一分钟呼一次。

罗旭：靠！

传呼台：给您重复一下：罗先生，东门小礼堂等你，连呼五遍靠什么？

101　地铁站外　夜　外

林燕妮抱着一捧包装并不太精美的花，急匆匆跑出地铁站，刚下过雨，她的头发和地面都湿淋淋的。她身上的传呼机嘀嘀嘀地响着。

林燕妮：（着急地朝着旁边的人）请问 ×× 大学怎么走？

旁人指路时，林燕妮已经在试图穿过马路了。身上的传呼机又一次响起来，林燕妮低头去看传呼，正在这时，一辆摩托车急转弯而来，车灯映在地面上……

102　礼堂　夜　内

黑八、包爽等一群同学坐在台下。

主持人：下一个节目，建筑系罗旭表演，原创歌曲……

罗旭抱着一把吉他坐在台上。

罗旭：林燕妮在台下吗？

台下窃窃议论着。

包爽旁边的一个长发姑娘很有心计地打听着。

葛媛媛：她真来吗？

突然有人喊了一声“我在”！周围的人纷纷看过去。

一个胖姑娘兴奋地举着手。

罗旭：对不起，我要等的人没来。

罗旭背着吉他转身下台，身后一片嘘声。

103　礼堂外　夜　外

罗旭独自走出礼堂，包爽等几个同学追出来。

包爽：不至于吧……

罗旭：是我自己觉得写得不好，不想唱了。

黑八：走，去陪你喝酒……

黑八还牵着一个姑娘的手。

几个人陪着罗旭转身要走，只听见背后有人喊。

林燕妮：哎……

罗旭回头看见林燕妮正朝他走来，他脸上失落的表情一扫而空。

包爽和身边的几个哥们儿无比艳羡地看着林燕妮。

哥们儿：（小声赞叹）哇……

林燕妮：你唱完了？

罗旭：（笑了）还没开始……

104　月夜　外

校园湖边，有群人正在弹唱，有男有女，旁边放着啤酒、小吃。

罗旭已经喝得很多了，月夜光线昏暗，林燕妮自己掀起裙子看看腿上的擦伤，罗旭丝毫没有注意到。

包爽：我太羡慕你们……的感情了……我长这么大就……没有女生正眼瞧过我。我不优秀吗？

一群男女：（连忙）优秀优秀……

包爽：罗旭，好好珍惜。燕妮，好好珍惜吧，我跟你说，你让他把月亮摘下来给你他都会去……

林燕妮：（笑起来打趣）真的假的？

罗旭一饮而尽，起身就往湖边的树上爬去，三下五除二爬上了树顶。大家追到树下，仰头望着他。月亮圆圆的，触手可及的样子。

林燕妮：小心！

罗旭：不敢高声语，恐惊天上人……

林燕妮身边，一个长发女孩子无比艳羡地看着，包爽走近女孩身边。

包爽：媛媛，我也可以……

葛媛媛：（没注意包爽，只顾看着罗旭）你倒是摘呀！

树顶上枝叶晃动，忽然罗旭的身影不见了，只听咕咚一声，惊起几只鸟，大家连忙望向湖面，却半天没有动静。

林燕妮：（着急得几乎快哭出来）罗旭！

湖面静静的。

林燕妮几乎就要脱了鞋袜下水，忽然罗旭的头冒出水面。

罗旭：（喊着）月亮摔碎了……

说着，罗旭的身影又消失在水面上。

林燕妮：他喝多了，会出事的。

林燕妮蹲在湖边，望向湖面，大家也跟着蹲下，唤着罗旭。

罗旭突然钻出来，面对着林燕妮，双手捧着一小捧水，那一小捧水中，有一只小小的不成形的月亮。

罗旭：送你了，别客气。

林燕妮又好气又好笑，把罗旭的头按下水去。

水面上，罗旭笑着，印在水面上的月亮只剩了片片波光。

罗旭：（得意得像招呼自家媳妇）燕妮，放假我们出去玩。

105 山顶 夏 日 外

罗旭、林燕妮分别由教练带着，站在两只滑翔翼下。林燕妮显然有些紧张，包爽等同学们似跃跃欲试。

罗旭的滑翔翼率先出发，从山坡上跑下。

林燕妮满脸紧张和担忧。

罗旭的滑翔翼却已经在俯冲，看起来像跌落山谷，忽又腾空而起。

罗旭：（兴奋地叫）林燕妮！我喜欢你……

林燕妮在山顶望着飞翔的罗旭，随着飞翔，他的声音在山顶听起来却像被风吹散。

林燕妮的滑翔翼也紧接着起飞了。

两只滑翔翼在空中像比翼双飞的大雁。

106 篝火边 夏 夜 外

罗旭：丢手绢，一人喝一口或回答一个问题，不喝就接受惩罚。

罗旭手里端着一杯白酒，面前还摆着许多小杯装的二锅头，一行十几人围成了大圈。

葛嫒嫒：你们太狠了，一口就倒。

包爽：（兴奋地）我先！

大家拍着手唱起“丢啊丢啊丢手绢”，林燕妮挨着罗旭，也在拍手唱歌，一侧脸看到包爽小心地把手绢放在葛嫒嫒身后，装作若无其事，葛嫒嫒迅速发觉，爬起来就追。包爽身形很小却很迅速地跑着，刺溜一下就坐回葛嫒嫒的位置。

罗旭：接受惩罚吧，喝酒还是回答问题？

包爽：最喜欢在座的哪个异性？

葛嫒嫒有点为难地看了看罗旭和坐在他身边的林燕妮。

葛嫒嫒：我喝酒吧。

说完，葛嫒嫒端起酒杯喝了一半，引得众人一片惊叫。

大家继续唱：“轻轻地放在小朋友的后面，大家不要告诉他。快点快点抓住他，快点快点抓住他。”

罗旭在林燕妮身后紧追不舍，眼看就要抓到，两人滚着摔在沙滩上。罗旭护着林燕妮让她不要受伤，两人四目相对，篝火边传来起哄声。包爽已经喝得满脸通红，黑八紧紧牵着女朋友的手。

燕妮站在篝火边，火光映着她的脸庞。

大家张罗着要问她问题，七嘴八舌。

黑八：我来问我来问，最想要一个什么样的男朋友……

包爽：请说出罗旭内裤的颜色。

林燕妮张大嘴笑着，罗旭也笑着推了包爽一把。

罗旭：一直给你写情书的神秘人是谁？

林燕妮：到底哪个问题啊？

包爽：初吻是什么时候？

黑八：就这个！

林燕妮不好意思地笑了。

罗旭望着林燕妮。

林燕妮：上周。

包爽无比羡慕地拍了拍罗旭的头，罗旭却愣住了。他装作没事的样子，把面前的一杯白酒一饮而尽。

眼前的篝火、欢声、追逐和林燕妮回眸的脸混在一起。

黑八在燕妮身边坐下。

黑八：你不知道，罗……

林燕妮：我知道。

罗旭跑过来，从后面搂住林燕妮和黑八。

罗旭：叫他一块儿出来，我们见见……

林燕妮笑笑，摇摇头。

罗旭：（认真地看着林燕妮）他对你好吗？

林燕妮笑笑，轻轻点点头。

林燕妮：其实我……

罗旭：其实我挺难受的……

黑八：你让人家把话说完！

罗旭：就一句，谁敢欺负你，我揍他！

林燕妮眼里含着泪，却忍着没有流下来。

罗旭：我知道你，了解你，从小就了解，一般人我看不上……

黑八：（纠正）你。

罗旭：你看不上。

说着，罗旭又一饮而尽，燕妮没有拦他。黑八起身走了。

罗旭和燕妮坐在一起。

林燕妮：罗旭，我有很多话想跟你……

罗旭：你爱他吗？

林燕妮：爱……

罗旭无比失落地低下头，忽然又双手捧起林燕妮的脸，望着。

罗旭：他会不会对你不好啊……

说着罗旭的眼泪就流下来，他一把把林燕妮搂在怀里。

罗旭：我会心疼。为什么不等我呢……

像罗旭的视线模糊了，不远处，葛媛媛等人望着他们。

有人喝醉了大喊：我看见 UFO 啦！

107 小木屋 夜 内

黑暗里，月光勾勒出两个人激烈地拥抱亲吻着的侧影。

罗旭：你为什么不等我啊……

透过半拉着的窗帘，可以看到远处的篝火。

罗旭：我不要你和别人走，听到了吗？

两人纠缠在一起。

108 海滩 晨 外

熄灭的篝火和一地的杂乱，林燕妮捡起一只酒瓶朝着大海扔去。

109 小木屋 晨 内

罗旭从宿醉中醒来，头疼不已的样子，看看身边，葛媛媛正睡着，罗旭惊到了。

110 海滩 晨 外

林燕妮独自站在海滩。

罗旭旁白：有多少妙不可言，就有多少阴错阳差；有多少雨过天晴，就有多少漫漫长夜。不管你乐意不乐意，我们都得渐渐看清人生更完整的模样。

罗旭看见林燕妮的身影离去。

111 校园 黄昏 外

罗旭背着吉他走在校园的林荫道上，葛媛媛迎面而来，两人笑笑，笑容都有点勉强，却没有说话。

112　罗旭宿舍　黄昏　内

罗旭旁白：而我依旧是我，没日没夜地试图找到一个真正属于自己的舒服的姿势。

罗旭叼着烟，对着电脑屏幕，手下敲着键盘，像敲打敌人的脑袋一样用力，满眼的 CS 游戏画面。

包爽进门，又摔门出去，罗旭的背影依然专注。

罗旭旁白：可是我也固执地认为我的人生里该有她，像钉子钉在墙里，拔出来会有一个洞。

罗旭在 OICQ 上试图发对话给林燕妮：刚写下“燕妮，你在忙吗？”，转眼又删掉，重新开始写。

罗旭旁白：我们俩还像以前一样好，我知道她搬出宿舍了，她去参加比赛了，她失利了，她要保研了，她被人顶掉了，她毕业了，终于找到工作了……我们愿意分享彼此的生活，但却始终不愿意分享彼此的秘密。

林燕妮的 OICQ 亮了，一个署名“教秘小魏老师”的号发来信息。

“你新学期的助学贷款已经批下来了。会替你保密，如果还有困难，老师借给你。”

林燕妮看得有些热泪盈眶。

罗旭的信息紧接着也到了。

罗旭："猪，我写了一首歌，有空帮我听听。"

林燕妮笑了一下，像面对一个不懂事的孩子。

林燕妮：猪头，受得了打击就发来。

（网吧）夜：

罗旭换了个姿势在电脑前，面无表情地看着《阿拉丁神灯》，那里面的公主正唱着《A Whole New World》。

罗旭旁白：我像奔跑了很久，却突然发现自己又回到了原地，只有精疲力竭的感觉，可忘记了究竟想要去哪里。

113　罗旭校园　晨　外

熬了通宵的罗旭垂头独自走进校门，有学生陆陆续续出门。忽然他发现葛媛媛也拎着行李箱正往外走。

两人觉得似乎要说点儿什么，就在葛媛媛要和他错身而过时，还是罗旭先开了口。

罗旭：对不起……

葛媛媛：（低头沉默片刻）为什么?

罗旭哑然。

葛媛媛：你太土了!

罗旭：什么?

葛媛媛：（转过头笑了）本来是件很美好的事，不要搞得像谁欠了谁。喜欢就继续，不喜欢就放弃，有那么难吗？

罗旭：（尴尬地笑了笑）谢谢你。

罗旭望着葛媛媛转身离去。

罗旭：你真的很棒……

葛媛媛：（半开玩笑地）你烂透了。

罗旭心不在焉地挥挥手，也继续走自己的路，忽然听见身后葛媛媛叫他。

葛媛媛：哎，“非典”了，赶紧回家。

114　宿舍　日　内

罗旭宿舍内，空无一人，桌上凌乱地撂着口罩和板蓝根。

罗旭：（短信）外面飞沫多，别乱跑。

短信：你个有异性没人性的，又出去玩了吧？

短信：没事吱一声啊！

接连三个短信都没有回复。

115　楼梯　日　内

罗旭三步并作两步地冲上楼梯。

楼梯间响起咣当当的砸门声。

116　林燕妮小屋　日　内

林燕妮披头散发地躺在床上，一声声咳嗽着。

林燕妮：快出去快出去，非得被我传染你就高兴啦？

罗旭伸手去摸林燕妮的额头，被林燕妮推开，她挣扎着爬起来，把罗旭推出卧室，关上门。

罗旭：你怎么发烧了还这么大劲？去医院吧？

林燕妮：不去。

罗旭：你练功啊？

林燕妮：我睡一觉就好了……你赶紧回学校，被隔离我可不负责任。

罗旭：抽烟的人对“非典”免疫，没听过啊？

林燕妮：回吧……

罗旭：我打算会会你男人……

林燕妮：小心他揍你。

罗旭：我还想揍他呢。

罗旭打量着这个小小的一居室的客厅，屋子布置得很简单但很温馨，但稍显凌乱地堆放了许多资料，像是最近一直没有收拾。林燕妮的照片摆在小书架上，几乎全部是她的单人照，对着镜头笑得非常甜蜜。只有一张貌似两人在海边的合影，只能看到两个影子印在沙滩的城堡上，照片上已经落了灰尘。

林燕妮：我如果真是“非典”……

罗旭：别说话了，赶紧睡！

林燕妮不说话了。罗旭自己在屋里转悠着，打开冰箱，里面只有几只鸡蛋和一个已经变黑变软的苹果。

（空镜）

天色渐晚。

林燕妮从沉沉的熟睡中醒来，隐隐看见客厅透出的灯光，听到电视传来的声音。

燕妮走出来，看见罗旭没心没肺地看着电视乐着，桌上摆着煲好的粥和小咸菜。

冰箱里已经塞得满满当当。

罗旭：烧吗？

罗旭伸手摸摸。

罗旭：行吧，我走了。

林燕妮望着罗旭，挽留的话却说不出来。

罗旭：（狠狠地）有句话帮我转告你男人……

罗旭有点愤怒又有点心痛。

罗旭：……等我想好再说。

林燕妮忽然注意到茶几边上放着一大摞纸巾、几包卫生巾。

罗旭：（有点不好意思）快……快用完了。

燕妮笑了，望着罗旭很决然地出门，有点难过和不舍的样子。

林燕妮：没车了吧……

罗旭：（开玩笑地）有奔驰。少废话，快吃！然后发自内心地大力夸赞我。

门关上了。

燕妮坐在桌前，呆呆地看着收拾得整洁利落的桌面和精心烹制的粥，吃起来。

突然响起很微弱的敲门声。

罗旭站在门口。

罗旭：（讪讪地）能收留我吗？他们说封校了……

117　林燕妮小屋

暖暖的落地灯下，罗旭望着林燕妮细心地铺沙发床；

罗旭拎着大包小包的东西和燕妮一起塞满冰箱；

罗旭站在窗前，望着楼下拉着警戒线的街道，穿着白色防护服的消毒队洒了药迅速上车离开，只留下明亮阳光下关门闭户的店铺，街上空无一人。

罗旭旁白：我感谢着这场让多少人胆战心惊的瘟疫，对我来说，它更像一个假期，可以毫无负担地不去搭理整个世界，只有我们两个人，我甚至自私地希望这场瘟疫永远不要结束。

（屋内）

两人像小时候一样玩着坦克大战，罗旭还是把星星让给林燕妮；两人用电饭锅煮火锅，似乎过着有滋有味的家庭生活，燕妮比比画画地在指挥。

罗旭旁白：我不是没有担心过她男朋友会突然回来，但又很期待和那个男人正面相遇，拼个你死我活。可林燕妮总拿出一副姐姐、妈妈、婆婆的嘴脸，让我怀疑自己的热情根本是个错误。

罗旭躺在沙发上，和卧室里的林燕妮有一搭没一搭地说话。

罗旭：你唱个歌给我听听呗。

林燕妮：要不要妈妈给你讲个睡前故事？

罗旭：别以为你是女的我就会让着你啊！

林燕妮：别以为你是男的我就打不过你啊！

罗旭：你找到你爸了吗？

林燕妮：嗯，对我特别好……

罗旭：我觉得吧，你应该把你男朋友带给你爸看，一不来看你；二不过问你死活，连你和别的男人住一起都不管……我要是你爸，早打死他了。

林燕妮：他出差了呀，再说，你哪是什么别的男人啊……

罗旭：这话我怎么那么不乐意听呢。

卧室传来林燕妮的笑声。

罗旭：我认真地问你一句话……

罗旭想鼓足勇气要问一句“你爱不爱我”，可话到嘴边却变了。

罗旭：你说我会发达吗？

林燕妮：会啊。

罗旭：具体点儿。

林燕妮：你会有一只机器猫，口袋里要什么有什么……还能不断伸出援手。

说着，林燕妮比画着，自己笑了。

罗旭：你呢？

林燕妮：我也会啊，我这么美丽漂亮又勤奋，明年我就会升职呢，做到我们这个区的小头目了。

罗旭：头目兄，我刚才的意思是你会看上我吗？

林燕妮：只怕到时是你看不上我啦。

罗旭：……刚才好像是让你唱歌来着……

林燕妮：你唱吧，你不是在写歌吗？以后你唱。

罗旭：你喜欢我才唱。

林燕妮：（哄孩子一样地）我喜欢。

罗旭：谁？

林燕妮：你到底唱不唱啊！

罗旭：没写完呢。

卧室里的林燕妮不再说话，罗旭哼起《A Whole New World》的旋律。

罗旭旁白：有些话说不出口，那就算了吧　我梦见我们老了，坐在火炉边，她在读诗，我在弹琴，醒来却只是一个梦。

夜里，罗旭忽然被林燕妮的叫声惊醒，林燕妮像是做了噩梦，叫声很低却极痛苦和压抑。罗旭急切地敲门，门却从里面反锁了。

罗旭旁白：就像这场瘟疫，总有醒来的时候。

118　林燕妮家　日　内

罗旭收拾好背包，看看屋子，有点失落。

林燕妮：（在里屋）我把我的英语资料都给你……

罗旭答应着，忽然摸着身上的手机不见了，于是在沙发附近翻找。

林燕妮：（在里屋）公司发了个优盘，还挺大的，也给你拿上。

罗旭找到手机的同时，发现一张揉成一团的纸，正要随手扔掉，又好奇地打开。那是一张医院的诊断书，“终止妊娠”几个字异常清晰。

林燕妮抱着一堆准备给罗旭带回学校的“礼物”出屋。

林燕妮：真不想让你走了……

罗旭紧紧地把诊断书攥在手里，假装没事。

119　小区　夜　外

雨淅淅沥沥地落在小区里停着的车上。马路上偶然有车驶过，来往车辆不多。

罗旭站在自行车停车棚下，一直盯着单元门口。

路面上映过车灯的影子。

林燕妮和一个男人下车，并肩朝着单元门口走去，夜色中看不清那男人的相貌。

罗旭抄起准备好的木棒，朝着汽车走去，朝着前挡风玻璃就是一棒下去，玻璃竟没有碎，但警报惊叫起来。罗旭接着又是一棒，看不清罗旭脸上是雨水还是泪水，他就只是疯了一样地砸，汽车疯了一样地叫，旁边汽车的报警器、车灯也跟着亮、跟着叫，罗旭抄起路边的砖头更狠地砸去。小区的保安从远处跑来，却根本拦不住罗旭。

林燕妮冒着雨从单元门跑出来。

林燕妮：你疯啦？

罗旭停下。

罗旭：（喊着）是疯了！我把心全都掏给你，你假装看不见；他把你的心都掏空了，你假装不疼。你为了他……你都……为什么呀？为什么……

林燕妮流下泪，却很坚强地忍住，让自己不要再哭。

罗旭蹲在地上呜呜地哭着，像个孩子一样哭得极其委屈。

雨夜里，几个保安和陆陆续续下来的几个业主都以为他们只是一对吵架的小情侣。

那个和燕妮一起上楼的男人抱着箱子下来，他看起来老实本分，岁数很大。他走到林燕妮身边。

林燕妮：王叔，对不起……我跟您解释。

司机老王看着被砸坏的车，罗旭则一脸错愕。

保安的对讲机里还彼此呼叫着，问着“要不要报警”。

林燕妮：我知道您跟公司不好交代，修车钱我分期赔给您……

司机老王：（看了看破损情况）算了算了，碰上酒鬼闹事，算我倒霉，走保险吧。

周围的人陆陆续续地散去，只剩下林燕妮和罗旭两个，罗旭站起来。

林燕妮：你觉得这样有劲吗？

罗旭：（突然喊了声）有劲！

林燕妮：你想过你会被抓，会拿不到学位，会找不到工作吗？人生只有爱情吗？

罗旭望着林燕妮，委屈、愤怒、不解，又憋着一肚子话，转身就走，只留下林燕妮站在那里望着他的背影。

林燕妮最后的喃喃自语，罗旭却没有听见。

林燕妮：我和他已经分手了……

120 路上 日 外

罗旭骑着自行车，车把手中间有一个闪耀的奔驰小标，日光透过树叶晃着眼。

（酒吧）

罗旭在酒吧的小舞台上唱歌。

121 火车 日 内

罗旭坐在车窗边，同车厢暑假回家的学生们又打牌又玩耍的，他却只是靠在窗边，把那个奔驰标志放在桌上。

罗旭旁白：我带着我的热情、我的冷漠、我的暴躁和温和，以及对爱情毫无理由的相信，一路走来。老罗要我回家工作，我还是坚持想要留在北京。

122 罗旭家 日 内

老罗张罗了一桌饭，父子俩对着喝酒，好像哥们儿。

123 罗旭家楼下 日 外

罗旭看见林燕妮的姥姥已经满头白发，坐在小区的花坛边，就那样一直望着门口。

姥姥见到罗旭，似乎都认不出了。

姥姥：长这么大了，结婚了吗？看这，都是我们燕妮给我买的……买了寄回来的。

看着姥姥很自豪很甜蜜的样子，罗旭笑笑。

124 饭馆 夜 内

黑八和罗旭喝着酒，黑八打扮得像个小白领，带着“土豪”的金链子。

黑八：我觉得吧，你就是青春期太长。初恋、暗恋还是单恋，你能不能整点有用的……心里知道喜欢过就行了。你看看我。

罗旭：（假装不屑地喝酒）她和你联系过吗？

黑八：（满嘴塞着菜）嗯，她买房了……

罗旭旁白：有人从来就是个神话，有人从来就是个笑话。从认真开始考虑未来起，我才意识到我的笑话闹得很大。

125　北京人才市场　日　内

拥挤的人才市场里，前一个人刚走，罗旭终于排到面试桌前。

人力主管：哦，没拿到学位啊，也没实习经历……

罗旭：我可以从基础做起。

罗旭旁白：从前人们总说起现实和理想的差距，理想是我站在国贸顶层看着全北京的夜景，现实是每层楼房的一砖一瓦。

126　北京　工地　日外

罗旭像工人一样的装扮，爬在脚手架上检查安装，发现一根钢管的连接并不牢固，正在修整，安全扣突然断开，罗旭瞬间跌落，旁边的几只流浪狗惊叫着跑开。所幸罗旭落在一堆细沙上，他满面灰尘地笑了笑，竟然毫发无伤。

罗旭旁白：无论我的理想和现实怎样，我成了笑话中的传奇，成了全工地最受欢迎的人。不知道为什么，我很想把这些经历告诉那个人，但也许她并不愿意见到我。

罗旭在工地的一盏裸露的白炽灯下为正在吃晚饭的工友弹唱，憨厚的工友们一脸兴奋。

127 CBD 写字楼下

罗旭已比之前黝黑强壮了许多，换了干净的衬衣，在公交车上望着马路对面高大的写字楼门口，午饭时间高级白领们结伴出来。

公交到站了。

林燕妮从楼里出来，得体、漂亮，在人群中依然出挑。她身边不时有同事出来，大家互相点头微笑。

罗旭等着下车。

林燕妮看了一眼手机，她手里还拎着一只小袋子，脸上的表情是兴奋的。“林燕妮！”一个女声在叫。

燕妮回头，浅浅地笑了笑。叫她的女人正是之前她曾打工的那家别墅的女主人。

女主人笑着走到林燕妮面前，抬手就是一记响亮的耳光。

女主人：不管你们是不是还在一起，我都要让你长长记性。

林燕妮：（羞愧地捂着半边脸）对不起……对不起美玲姐，我认识他的时候不知道他结婚了……

罗旭在马路这边，透过川流不息的车流，望见那边一个中年女人一直指着林燕妮的鼻子骂，还动手撕扯着，歇斯底里的样子，旁边围观的人越来越多。罗旭焦急地想要穿过马路，可车流、隔离带阻碍着他。

一辆车经过，罗旭拉着林燕妮的手昂头走出人群，林燕妮低着头尽量克制。

128 转角喷泉 日 外

两人坐在喷泉边，都低头不语，身边放着一瓶水、一个热狗。罗旭的手几乎都掐进了大理石缝隙里。

罗旭：（试图转移注意力）你看那边两口子吵架了……

林燕妮毫无反应。

罗旭：（无奈地）我发了工资请你吃顿好的。

罗旭把水拧开递给林燕妮，林燕妮像石像一样一动不动。

罗旭从背包里拿出一只八音盒。

罗旭：正好在街边一个小店里看到的，你记不记得高中……

林燕妮：（突然很小声地）对不起。

罗旭摸摸林燕妮的头，像个大哥哥一样。

罗旭：知错就改还是好同学。你听……

罗旭试图拿八音盒吸引林燕妮的注意力，可是嘈杂的街道上，那悠扬的声音显得微不足道。

林燕妮转过脸望着罗旭，神情是茫然的。

罗旭低头看着手里的八音盒。

林燕妮伸手去接那八音盒，正在这一瞬间，背后的喷泉突然落下，罗旭回头去看，那八音盒跌落在地上，摔得粉碎。

林燕妮连忙蹲下，试图将那八音盒复原，可是却无从下手。

罗旭：（试图安慰）这东西太幼稚，不是你喜欢的……

林燕妮：对不起。

罗旭：不用跟我那么客气……

罗旭蹲下把破碎的八音盒收起来，装进袋子。

罗旭：你还爱他吗？

林燕妮默默地点了点头。

罗旭咬紧牙关。

林燕妮：我准备出国了……

罗旭：私奔吗？

林燕妮委屈而无助地望着罗旭。

罗旭：把他给你买的房子还给他，我……

林燕妮：（忽然无奈地笑了笑）原来你心里也是这么想的……

罗旭有点后悔自己说话太直。

罗旭：我不是……

林燕妮：（站起来）我很可耻，我认！我活该，我认！还要怎么样？我要对全世界喊，说我是小三，所以我所有的一切都是那个男人给的，我没有道德，我没有努力过，我没有尊严，就不配有最基本的感情对吗？这是你们想知道的答案，对吗？

罗旭：（坦诚地）我确实这么想过，可是……

林燕妮：不用可是，我懂。

说着，林燕妮诡异地笑笑。

罗旭像不认识似的看着林燕妮。

林燕妮转身走了。

罗旭：（在她身后喊）我真想死，我比你还难受你知道吗？我知道我配不上你……

林燕妮停了停，似要回头却没有，继续往前走。

罗旭望着燕妮的背影，把那装着八音盒的袋子狠狠地摔在路边，八音盒彻底变成了垃圾。

罗旭旁白：我曾经想，也许人一生爱着的其实都是自己用想象创造出的某人，爱上的无非就是自己的幻想。即便这样，我依旧认为她仍是这世上最完美的，也是唯一的。

129 工地 日 外

尘土飞扬的工地上，满面灰尘的罗旭拿着图纸。

凌乱破旧的合租出租屋里，罗旭的吉他蒙上了灰尘。

罗旭旁白：这种事谈不上多美妙，也与伟大无关。我发现我不是灯火，甚至连蛾子都不是，想扑火也要有轰轰烈烈的机会。

130 机场 日 外

手机上燕妮的短信：我伤害了所有人，也辜负了你……

拥堵的街道上，罗旭扔下车，奔跑着去往机场。

罗旭站在机场大厅四下望着，来往的人都是陌生的、匆忙的。一个女孩自己奋力地往行李车上搬着箱子。

人群里却没有林燕妮。

罗旭旁白：她走的那晚，我把情歌唱了一首又一首，才发现没有一首不是苦涩、遗憾的。人们诉说着离愁，叹息那些错过的爱情，我想我也不能幸免，只是困惑，我们这样，是爱情吗？

131 罗旭出租屋 黄昏 内

罗旭小心地调试着吉他，弹拨几下，又在纸上记下几笔。

黑八电话：（画外）你不是一直想换工作吗？我有一哥们儿介绍了一个，特别适合你……

132 演出彩排 日 外

罗旭推着行李车帮忙运送演出服。

他羡慕地仰望身边经过的舞台，灯光、音响师还在安装调试。一个看起来更有权威的中年男人（高建宇）检查完场地走下台，戴耳机的导演连忙跟在后面送他。

罗旭旁白：这舞台对我来说就像林燕妮，让我莫名地兴奋，又遥远得不可追求。她在遥远的旧金山开始了新的生活，而我不知道自己究竟是不是该去找她。

高建宇经过罗旭身边，客气又不经意地点头笑笑。

133 演唱会 夜 外

正在组织安排舞蹈演员候场的罗旭透过缝隙，看见台上的绚丽灯光。

罗旭旁白：她曾说miss是个有趣的词，既是想念，也是错过。我想我们错过了。

134 唱片公司录音棚 日 内

录音的歌手收工，棚里只剩下罗旭在收拾，他忍不住拿起吉他，坐在麦克风前。

罗旭弹拨了几下，沉着地唱了起来。

罗旭：因为梦见你离开，我从哭泣中醒来，看夜风吹过窗台，你能否感受我的爱……

罗旭唱得动情，闭上了眼睛。不知何时，高建宇走进来，坐在了调音台前。

罗旭旁白：我承认我最初开始写歌是为了满足自己在姑娘面前的虚荣心，但写这首歌几乎用了近十年，十年究竟是太短还是太长？是不是还能有另一个十年？

罗旭有点紧张地登上舞台，台下满是挥动的荧光棒。

罗旭和台下的高建宇击掌相庆。

高建宇介绍罗旭和许多人握手认识。

罗旭旁白：老罗说我懂事太晚，长得太慢，我想也许是时间过得太快。

135 故乡 小区 冬雪 黄昏 外

罗旭的装扮成熟了许多，拉着行李往小区走，燕妮姥姥常坐着的花坛空空荡荡。

一个老头迎面走来，罗旭站住了。雪中走得小心翼翼的老头竟是自己的爸爸，分不清他是头发白了还是满头的雪花。

罗旭旁白：有些事我永远不会想到，有些人我永远也不会忘记。她出现在我的生活里，给我的生命带来了一些很特别的东西。

136　汶川　日　外

远处是坍塌的废墟，卡车上的罗旭穿着统一的志愿者 T 恤在分发水和食物。帐篷里有个女孩走出来，身影像极了林燕妮。罗旭跳下车就追去，女孩回头，是个陌生人。路边有人抱着亲人的照片在哭。

罗旭旁白：我渴望能见她，但我不会开口要求。不是因为骄傲，我在她面前毫无骄傲可言，而是因为唯有她想见我时，我们的见面才有意义。

137　罗旭新家　夜　内

罗旭坐在电脑前，新公寓整齐体面。

罗旭：我给你写的歌。

罗旭在 QQ 上打完又删掉；林燕妮的头像黑着。

罗旭：给你听听……

又删掉。

正在罗旭斟酌该发什么话时，隐身的林燕妮传来信息。

林燕妮：听到了你的歌，为你骄傲。

罗旭犹豫了一下。

罗旭：就是写给……

罗旭慢慢删掉重新输入。

罗旭：我都红遍海内外了啊？（无耻地坏笑）

林燕妮：嗯，我还以为我认识的罗旭行走江湖了。

罗旭：大哥罩你！至少在你找到对象之前……

林燕妮撇撇嘴。

罗旭：说实话，要是我 30 岁还没娶，你还没嫁，咱俩就凑合凑合过吧。

林燕妮：切，我是那么凑合的人吗？

罗旭：你万一找个老外，我打不过怎么办？

两人你来我往地聊着。

罗旭旁白：强悍的人生，也许从来都不用解释，林燕妮研究生毕业后正式定居旧金山。

138 路边 夜 外

2008 年，奥运会的“大脚印”跨越北京上空。罗旭在路边仰望着，身边停着一辆奔驰。

罗旭旁白：地球上两个人能相遇也实在不容易，做不成她的“某人”，我仍感激。

139 旧金山 林燕妮公寓

林燕妮望着电视里的奥运烟火，拉起了身边人的手，那是燕妮的妈妈。

罗旭旁白：可我们的联络也越来越少。

140 罗旭新家 夜 内

罗旭靠在床上，打开林燕妮的空间，还是那几张旧照，旧金山的风景。

141 某商场 日 内

罗旭发现柜台里摆放的一只八音盒。

售货员：先生要包起来吗？

罗旭：不用，这是送给我自己的。对了，你知道一个……

正说着，一个女孩从罗旭身后跑过去，后面追着一个其貌不扬的男生。

男生：（边追边喊）你别跑啊，我只是觉得你很漂亮想赞美你……

罗旭回头去看，有人从另一边拍了拍他的肩膀，原来是包爽，一副成功老板的模样。

包爽：走，我订了包厢。

刚刚追不到姑娘的男生讪讪地望着包爽。

包爽：方法是粗暴了些，不过要打开自我，解放天性。

男生显然受到了鼓励，点头离去。

包爽：（回头追加一句）要自信！

罗旭：行啊，你包爽都开始教人追姑娘啦！

包爽：（半开玩笑地）叫我包老师，包成才。各种培训，包成才，走吧，媳妇……

葛媛媛拎着各种大包小包走过来，罗旭有点惊讶。

包爽：包太太，酷爱各种名包……

葛媛媛娇嗔地跺脚，包爽赶紧帮忙拎过包。

罗旭：行啊，你们……

葛媛媛：（也笑了）你怎么还这么帅啊？

包爽：（开玩笑地）不许旧情复燃啊！挑来挑去，还是我最适合她。

三人一起朝外走。

包爽：你还单着呢？

罗旭笑笑。

包爽：我帮你介绍啊？

142 罗旭工作室

黑暗中，罗旭独自面对着投影，为电影编曲，画面上的男女主人公正在情感的高潮，电脑屏幕上显示着密密麻麻的曲线。罗旭突然暂停了画面。

罗旭：（拿起电话）出来喝一杯？

143 三里屯路边 夜 外

两个看起来风流倜傥的男人——罗旭、高建宇，对花枝招展的艳丽女子看都不看一眼，他们手里还拎着酒瓶，好像大学时代那样，灯红酒绿的三里屯被已经喝多的罗旭和高建宇甩在身后。

走到一条宽阔而相对安静的街道，罗旭突然扯开嗓子高唱了一声。

罗旭：我们赛跑吧……

两个成年男人竟然撒开腿跑起来。

跑了一会儿，两人气喘吁吁地坐在马路边。

罗旭：老高，你是我恩人，没有你我就没有今天……

高建宇：我还拿你赚钱了呢！

罗旭：（笑笑又伤感起来）我撑不下去了。你知道我那首歌里的女孩吗，那就是一把刀，插着疼，拔出来就是死……我特幼稚吧！？

高建宇：兄弟，忘不了，就去找她，钱什么时候都可以赚。

罗旭：（拍着胸口）她从来没有爱过我……疼……

高建宇：（心事重重地）这不算什么真疼。我爱上过一个姑娘，一毕业我就娶了她，我儿子 7 岁那年我遇见另一个姑娘……

罗旭：（笑着）Shit！ 还有联系吗？

高建宇：（苦笑了一下）有过……我当时已经分居了，那年她刚上大学，晚上在路边卖玫瑰。天那么冷，下着雪，她眼睛很亮，又特别无助。

插入闪回：

雪夜的路灯下的林燕妮，停在她面前的车里坐着高建宇，高建宇收下玫瑰，林燕妮甜甜地笑了。

高建宇：我总想不起她长什么样子，又总是忘不了她。

插入：

十字路口，高建宇开着车等红绿灯，却忽然发现一辆急转弯的摩托撞到了一个姑娘，手里的花撒了一地，女孩正是林燕妮。高建宇连忙下车。

高建宇：我当时就是很想要她，想把她带在身边、装在口袋里。她家境确实不好，考大学就是为了离开那里，永远不要回去。

插入闪回：（高中时代）

狭小的房间里，开着窗，窗帘偶然被微弱地吹起一角。林燕妮在台灯下复习功课，继父的影子投在她背后、投在桌面上，一只手摸上她的肩膀揉捏着。

继父：燕妮，复习得怎么样啊……让爸爸看看。

继父的手顺着肩膀溜到她的腰间。

林燕妮转过脸，抬手就是一记响亮的耳光。

屋外传来妈妈和继父的争吵和砸东西声。

继父：有本事你们搬出去啊。

燕妮咬紧嘴唇，继续看书。

高建宇：那时候她妈妈下岗了，她从上大学开始就没有拿过家里一分钱。

插入闪回：

林燕妮拿着一摞信默默地塞到对面的人手里，那人正是校门口卖茶叶蛋的大叔。

林燕妮：请你不要再写信了，我从来就不认识你。

大叔：孩子，爸爸对不起你们，你能不能叫我一声……

林燕妮：（哭着）我妈说了，我爸爸在北京。虽然他不要我们了，但他很了不起，他不是个罪犯……

高建宇：我想有一段时间，她是真的发自内心地觉得幸福。她会抱着我胳膊爸爸、爸爸地叫，会撒娇，会滔滔不绝地讲她的好朋友、她的学校、她从小就喜欢的男孩，她总是记得各种无聊有趣的小事。有一次她把打工赚的钱全买了内衣，她说她不想同学看到她连件像样的内衣都没有。可是买完她又很后悔。我说，小公主，有爸爸在，你想要什么都可以。我就是她的天，她最依赖最相信的人。可是我……我没有勇气跟她说，直到有天在我家碰见她，她居然是我儿子的英语老师……太荒谬了……我真的是想对她负责的，她是个好姑娘，我太自私了……

罗旭已经泣不成声，一拳打在高建宇的脸上。

电话里。

罗旭：黑八，当年介绍工作的朋友是不是林燕妮？

黑八：你怎么知道？

半睡半醒的黑八听见电话那头罗旭言语含混，呜咽地哭着，黑八身边躺着的媳妇大着肚子。

罗旭旁白：所有的骄傲、失落，所有的努力与不甘，所有的谅解与屈辱……这一生究竟还能有几次如果？

144　去机场路上　日　外

如当年一样，堵车，罗旭索性拉开车门奔跑着去往机场。

罗旭旁白：每个人心里都有一团火，路过的人只能看到烟，但总有一个人能看到我心里这团火。我想快一点儿，生怕慢一点儿就真的会湮灭在岁月的尘埃里。

145　旧金山　日　外

罗旭快步走在旧金山的街道上，对照着燕妮个人空间里照片的地标，不断向人打听，寻找着她的踪迹。

林燕妮电话已经停机。

罗旭旁白：我想象过许多次她在这里的生活，她的朋友、她的爱情，但我终究只是远远守候的那一个，这想法甚至折磨困扰了我多年。我甚至享受着这种痛苦，并把痛苦当成一枚荣耀的勋章。

146 公司 日 内

职员：（遗憾地对罗旭）She no longer works here.

147 大学 日 外

罗旭和金发的教授在校园边走边说。

教授：Yes，she is so smart but alone...

教授像很了解似的指指点点。

罗旭旁白：我以为我一直都在，我一直都懂，最后我却成了世界上最自作聪明的那一个。

罗旭走进一个地下室，狭窄的屋子只放得下一张床，似看见林燕妮趴在床上做功课；

罗旭走在图书馆，似看见长椅上，林燕妮吃一口面包，喝一口水；

罗旭走在小巷里，似看见林燕妮奋力奔跑，追着一个抢了她包的劫匪；

大桥边，好像是林燕妮在望着水面出神，罗旭转过头却发现空无一人。

罗旭旁白：假如，到现在我才真的体会到假如是个多么无奈又多么美好的词。

咖啡馆边的墙上，写满了“If I will die i want to —”

林燕妮在旁边的空格上写着：Tell him . I ...

罗旭写下：marry 林燕妮。

148　林燕妮公寓　日　内

门铃声，开门，罗旭站在门外。

一个女孩：您找谁？

罗旭：林燕妮不是住在这里吗？

女孩：搬走了。

罗旭：你知道她的联系方式吗？

女孩：（摇摇头）一年前她好像生了场病，之后就再没和我们联系。

罗旭旁白：我想象过无数次我们见面的情景，我想或许她结婚了，有孩子了，她接受我或是拒绝，可我从没想过，我是把她弄丢了，或是她根本不想见我。

149　大桥边　黄昏　外

罗旭徒劳无功地站在海滩。

150　罗旭家老小区　日　外

过去罗旭家住的老院子、老房子，现在已经没有人住，窗户的窗框都已经被摘走。

轰的一声，楼房缓缓倒下。

罗旭旁白：原来你以为会长在一起的两个人，那么容易就走散了，可我想无论如何，我也要找到她，也一定会找到她。

151 故乡 日 外

罗旭登上小时候和燕妮去过的山顶，俯瞰下面，看到又多添了许多墓碑。

黑八：（画外电话里）我帮你找，我媳妇当护士的，医院系统交给她。

152 病房 日 内

偶然有进出的病号，罗旭站在病房门口，林燕妮躺在病床上，像睡着了。

罗旭靠在墙边，努力地想让自己挤出一个微笑来。

罗旭握着林燕妮的手，林燕妮醒来，看了一眼罗旭，笑了。

林燕妮：真好，你还在……可我真不想见你，我太丑了，你打扮得这么帅，我的尊严都碎了。

林燕妮有点艰难地开着玩笑。

林燕妮：爸，你回家休息吧……

林燕妮的爸爸拿了洗好的毛巾晾起来，他看起来苍老又木讷，看见罗旭也赶紧谦卑地点头。

林燕妮：我原来以为我这一辈子可能都不会叫他爸爸，最后还是他……

林燕妮有点哽咽，连忙停止说话，试图坐起来，罗旭扶着她半靠在床上。

林燕妮：你还记得那条皮带吗？我说我弄丢了……其实当时我送给我爸了。我看他一直拿根绳子系裤子，那绳子都断了，还系着，我虽然不想认他，但是……还是想给他买条皮带。当时我想，我走了再不回来了，给他留个纪念吧……我骗你们了，我怕你们瞧不起我……我觉得自己其实虚伪、虚荣又特别自私……

林燕妮说着，流了泪。

罗旭：这世上，没有比你更好的女孩了……

林燕妮听着，幸福地笑了。

罗旭：嫁给我，好吗？我一直在等你，我不要再等了，我等不了了……从今天起，你就是我的老婆，是我的女儿，我不会让任何人伤害你……答应我！

林燕妮闭上眼睛，可眼泪还是止不住。她慢慢地摇摇头。

罗旭：（执着地）答应我……

林燕妮似乎在点头。

罗旭：答应我，我不能让你再骗我了，好吗？

罗旭把燕妮抱在怀里，燕妮把头埋在他的胸口，哭得像个孩子，丝毫不在乎有谁在往病房里看，就像世界只有他们两个人。

（闪回）

山顶滑翔，大学时代的罗旭乘着滑翔翼，飞走。

罗旭：林燕妮，我喜欢你！

山顶的林燕妮望着飞翔在空中的滑翔翼。阳光照耀在她的脸上，青春的、健康的脸。

罗旭旁白：不管任何时候、任何地方，爱情就是爱情，离死亡越近，爱得就越深。而爱的神秘比死亡的神秘更伟大。我们敌不过岁月的力量和让我们无法拒绝的成长，可有种爱，从未向时间屈服。一生那么长，等你十年，又何妨？

153 校园

坐在长椅上的罗旭睁开眼，阳光透过树叶照下来斑斓晃眼。

154 街角的咖啡店

这是一间神秘又甜美的店，摆满了各种各样的音乐盒，鲜花、蛋糕、宫殿，阳光洒进来，就像一个童话里的世界。

有一个小房间里摆着课桌、黑板，墙上挂着罗旭为林燕妮画的素描小像。

门口的铃声响了，有人进来。

林燕妮：爸爸，我们回来啦……

燕妮和孩子拎着刚刚采购的蔬菜水果，罗旭连忙从里屋迎出来帮忙接着。

孩子往罗旭嘴里塞了一只苹果，罗旭只好一边叼着一边收拾。

孩子抓起一只音乐盒，拧上弦。透明水晶球映着一家人的忙碌和甜蜜，那里面的世界伴着音乐飘着雪花。

罗旭搂着燕妮，看着孩子放风筝，一家三口望着风筝越飞越高。

字幕：

谨以此片献给我一生中最重要的人和那些美好的回忆

完

2015 年 1 月 29 日　于三亚

星期八

我很怀念那种感觉，风吹在脸上，
也许你还活着，根本没把它当回事儿，但我真的很怀念。

蒋丹——一个平凡的年轻人，如同在大都市奋斗的你我，没有显赫的家庭背景，全靠知识改变命运，留学归来也靠自己努力终于在大城市安家立足；这个姑娘初为人母，山东女响马的好汉做派下藏着敏感、细腻；风趣、乐观的她却被告知已是癌症晚期，作为女儿、妻子、母亲的她在生命的尾声感动鼓舞了许多人……

光头——严谨的男人，高校教师，不乏理工男的“呆”，又有独特的幽默和执着，一头短到不能再短的头发，近乎光头，因此得名。一眼看去便是诚恳可靠到可以相守终老的男人。他没有提出太多观点，像很多人一样，恪守本分，安居乐业，有时会让人恨他不够出息，但确实有这样一种人，忠诚坦然地面对着生活。

土豆——5岁，小精灵一样的男孩，聪慧又淘气，他和大多数城市孩子一样娇气、淘气，但也懂事，他像是上天的馈赠，让人不禁想要有个孩子，有个孩子什么都有了。

父亲——60多岁，退休教师，但不善言辞，光头也许是父亲的翻版，都会被划归到对生活没有要求，甚至不求成就的那一款。母亲和父亲似乎越发不愿意交流，母亲似乎恨着父亲的不愠不怒，甚至把蒋丹姥姥的离世归结到父亲身上，因为他没有本事。

母亲——将近60岁，刚刚退休，沉浸在亲人突然离世的痛苦中，不能自拔。她生性要强，退休让她失去了生活的方向，越发看父亲不顺眼，就算在一起也不交流，似乎觉得没有必要交流，她有时会把一生的错误归结到婚姻，把全部的希望寄托在女儿身上，直到她得知女儿生病的真相……

梅森——蒋丹的同学，癌症晚期。

小瑞——蒋丹的病友，经历相似。

其他人物若干。

0 海边

黑暗中听着海浪声声。隐隐看见一小片沙滩，月光中沙滩上有条贝壳的鱼，浪把沙滩一点点湿润，把沙一点点带走。

男声：如果你没遇见我，你现在会干什么？

女声：发达了！下嫁青年才俊，周游世界，挥金如土。

男声：切！

一个女声：如果有天我得绝症了，你怎么办吗？

男声：背着你寻访天下名医，一直陪着你卖房子卖血也得治好你。

女声：吹牛！你当拍电视呢？……就算我得了，我也有本事也不让爸妈知道，不让你们掉泪，还要让我儿子一夜之间长大成人。

男声：吹牛！给我儿子！

女声：还有女儿呢！我要生一个阿尔法、一个贝塔……

女性修长的手指在沙滩上画出一个阿尔法的符号、一个贝塔的符号，男人的手指在旁边画下一个伽马的符号。

男声：伽马。

女声：欧米伽……

男声：生个化学元素周期表吧！

女声：那你什么时候发达啊！

男声：快了。

一对青年男女坐在海边，用一件大衣裹着，望着海面上一轮月亮离海面那样近。

1　大学校园　夏　日　外

蒋丹：英语角，英语角……哪儿呢！

林荫道上一个穿着背带裤的女生骑着自行车，驮着另一个姑娘，风风火火地骑行过来。骑车的女孩一副假小子的模样，她正是蒋丹。

女生：小心……

蒋丹：我初中就能这么骑了……

说着蒋丹企图双手脱把，走在路边的光头忍不住看了她一眼。

光头（旁白）：那年夏天，她就闯到了我的世界里。

2　校园湖边　夏　黄昏　外

湖边的树上挂着英语角的条幅，瘦瘦高高的光头看着在学生们三三两两地交谈，而自己并没有加入任何的人群，他注意到那个穿着背带裤的蒋丹正在朝他走过来。

蒋丹：（笑嘻嘻地）你怎么不说话?

光头一时不知道该说什么。

蒋丹：你是老师吗?

光头：（羞涩地笑了）博一……

蒋丹：蒋丹，大一，经济系。

蒋丹大方地伸出手来，光头不好意思地摸摸自己的光头。

蒋丹：（又笑了）你像个傻瓜。

说完，蒋丹又朝同学走去，光头望着她。

光头（旁白）：从那天开始，总希望能碰到这个叫我傻瓜的姑娘。

3 实验室 夏 日 内

实验室里的光头放下手里的试管，朝窗口走去。

光头俯视着窗外林荫道上，学生们三五成群地过往，似乎正是午饭时间，却没有看到那个穿着背带裤骑着自行车的姑娘。正要转身离开窗口，又听见自行车的铃声，那个熟悉身影从窗前经过。

光头（旁白）：事实上我们总是能相遇。

4 球场边 日 外

光头正在打篮球，刚刚一记扣篮，只见一只足球跳在眼前。听见有人喊，“麻烦你帮我捡下球”。

光头捡起足球，远远看着一个穿着男士T恤的姑娘跑过来，她脸颊通红，满是汗水，气喘吁吁地一手叉着腰，正是蒋丹。

蒋丹：啊，是你啊，方丈。

光头：你踢的？

光头抬头百思不得其解地看着隔在两人中间的那一道钢丝护网。

光头：（沉着地）师太好功夫。

蒋丹忍不住咯咯地笑趴在护网上，光头也笑了。

5 宿舍 夏 夜 内

光头躺在床上，手上拿着一本写着各种高深方程式的书，脸上正是傻笑。看看屋顶的灯，只见那灯也忽忽悠悠。

光头还是满脸笑容。

只见对床的兄弟一骨碌爬起来，慌慌张张地找鞋，往外跑。

同学：乐啥！地震啦！

6 校园里 夏 夜 外

宿舍前的空地上满是学生，光头在一大群叽叽喳喳的女生中寻找着蒋丹的身影。慌乱的人群中，蒋丹看到了那个显眼的光头，愣了一下，突然转身往楼里去。

7 校园湖边 夏 夜 外

宁静的湖边亮着幽幽的路灯，光头和蒋丹两个人在湖边溜达。

光头：干吗见了我就跑啊？

蒋丹：（突然笑起来）傻死了，衣服穿反了……

8 实验楼的窗户外 夏 日 内

从二楼的窗户看下去，蒋丹骑着她的自行车，一边按着车铃，一边抬头朝上招手。

9 体育馆 冬 日 内

一个硕大的体育馆里，坐着黑压压的人群，所有人的目光集中在体育场正中，蒋丹穿着羽绒服，坐在体育馆最后一排，停下正在做笔记的手，活动着手指，她望着那个拿着麦克风正在激情演讲的老师。

老师：先花一个月时间认真问自己非考研不可吗？

蒋丹：（擦着鼻涕，小声地接话）非……

老师：如果决定要考了，那么就要有敢于舍弃一切的勇气。一切妨碍你考研的东西都让它滚蛋！接着，下一讲，什么是马克思主义政治经济学考点：1.……

光头（旁白）：同样出身蒲柳之家，同样信奉知识改变命运。考研、考博、出国，也许我并不是最适合她的人，但也稀里糊涂地过了这么多年，如果不算以前那些懵懂的情感，我们是彼此的初恋。

10 烈日下

蒋丹骑着自行车行驶在拥挤的城市街道上。

11 商场前

蒋丹正在发小广告。

12 体育馆

雪夜中，那辆粉色的自行车停在学校的体育馆外，车筐里盛接着雪花。

13　出租屋　日　内

光头身边放着一个地球仪，他慢慢用手转着地球仪。地球仪上中国上海贴着一个小小的标签，另一个标签在地球的那一边。

光头面对着电脑，和蒋丹视频通话。蒋丹那边已是夜晚，亮着灯光。

光头：帮你看过你爸妈了，他们还好……

蒋丹：我连姥爷最后一面都没见上……光头，你为什么不说话？

光头一时语塞，不知道该说什么。

蒋丹：光头，奥斯陆很冷……

光头：要不要我再给你寄条电热毯？

蒋丹：拜托，我需要一个男人！

光头：（眨着眼睛茫然地）哦，那怎么办……

蒋丹绝倒，一下趴在桌上，无奈地一下下拍着桌子。

光头：要不然，你毕业回国，咱们领个证？

14　上海街道　夜　外

一群年轻人走在夜上海的街上，放声唱着唱着：日落西山红霞飞，战士打靶把营归……

蒋丹和光头穿着情侣 T 恤和朋友们勾肩搭背，还有人手里拎着酒瓶，边走边喝，显然都已经喝醉了。

蒋丹：（高声地）梅森！！今天我结婚好不好！

那个领头唱歌的男人停下来。

梅森：对哦！

非非：老蒋！我觉得好累……

一个已经酒醉的姑娘突然抱住蒋丹，呜呜大哭起来。

梅森：（连忙拉开）今天她结婚好不好！来，我们唱一个……锦绣河山美如画，祖国建设跨骏马，我当个石油工人多荣耀，头戴铝盔走天涯……

一个警察拦住他们。

警察：干吗的？

蒋丹：结婚的……

警察：职业！？

蒋丹：博士！

光头：（酒醒大半）没事没事……

警察：（鄙夷地）什么博士！

蒋丹：（指着自己）经济学！（指着光头）化学！（指着非非）哲学，（指着梅森）建筑学……

光头：（担心激怒警察）平时不这样……

蒋丹：（醉眼蒙眬）对哦，平时什么样啊……

15　教学楼里　中秋

夜里的教学楼只有几盏灯亮着。

一间教室里，蒋丹和光头面对面坐着，各自在电脑前奋力打字。蒋丹像在弹钢琴一样，手指在键盘上有节奏地击打，忽然，她从电脑后探出头，望着光头出神。

光头有点莫名其妙，眨巴眨巴眼睛。

蒋丹愤然合上电脑。

蒋丹：中秋居然一口月饼都没有吃到，为什么呢？

光头：哦，对哦！凭什么呢？

两人一起合上电脑。

蒋丹：我们现在就去吃月饼吧。

光头：现在？

16　楼道　中秋

黑暗的楼道里听见两人的声音。

蒋丹：（愤愤地）那种冰激凌的，甩开你的小钱包，我们奢侈一下。

光头：豁出去了！

透过窗户看见两人骑上了一辆自行车。

17　城市街道　夜　外

城市街道上，另一番热闹通明的景象，车水马龙，商铺琳琅的橱窗，各种诱人。

蒋丹、光头两人失落地从一家店铺里走出来。

蒋丹：真替月饼难过，不过才过了一天，就遭遇封杀雪藏，十五的月亮十六才圆啊！明天你要不要去导师家看看，有没有人家送礼剩下的月饼啊……

光头眨巴着眼睛想了想。

光头：不好吧……

蒋丹：那你补偿我……

光头：嗯？

蒋丹：（嗔怪地）傻瓜！

18 海边 夜 外 中秋

两个人坐在海边，身后是城市的灯光，蒋丹抬头，天空中的月亮隐藏在云朵里，而面前是一片黑漆漆。

蒋丹：年轻著名的女学者！换个两室一厅，小车一辆？神哪，帮我做开题报告吧……唉！

蒋丹故作沉重地叹气。

蒋丹：为什么连月亮都藏起来了？

光头：为什么呢？

蒋丹：为什么这么累呢？

光头：凭什么呢？

蒋丹：为什么钱这么少呢？

光头：对啊，凭什么呢？

蒋丹：为什么不能两三年搞个副教授当当呢？

光头：嗯，凭什么……不能呢？

蒋丹：你别得意，很快我就超过你！

光头停了片刻没有说话。

蒋丹：在奥斯陆都能吃上月饼……

光头：你会不会嫌我没本事？

蒋丹：当然啦！

光头：如果你没遇见我，你现在会干什么？

蒋丹：发达了！下嫁青年才俊，周游世界，挥金如土。

光头：切！

蒋丹：如果有天我得绝症了，你怎么办吗？

光头：背着你寻访天下名医，一直陪着你，卖房子卖血也得治好你。

蒋丹：吹牛！你当拍电视呢？……就算我得了，我就有本事也不让爸妈知道，不让你们掉泪，还要让我儿子一夜之间长大成人。

光头：吹牛！给我儿子！

蒋丹：and 女儿！我计划生一个阿尔法、一个贝塔……

蒋丹说着用手指在沙滩上画出一个阿尔法的符号、一个贝塔的符号，男人的手指在旁边画下一个伽马的符号。

光头：伽马。

蒋丹：欧米伽……

光头：生个化学元素周期表吧……

蒋丹：那你什么时候发达啊？

光头：快啦……

蒋丹和光头坐在海边，用一件大衣裹着，望着海面上一轮月亮离海面那样近。

自行车倒在沙滩上。

光头：（旁白）一切的平淡美满，在这个城市里，平凡到不值一提。我的爱人叫蒋丹，我是她的光头，一个穷到长不出头发的大学教师。

19 海滩 日 外

日光照在自行车上，光头把车扶起来，朝着远处招手。

20 城市 日 外

繁华而时尚的街，衣着新潮的男女们。

往来其间的豪车。

画外传来童声：爸爸，那是什么车？

光头：宝马。

童声：那个呢？

光头：奔驰。

童声：那个呢？

光头：嗯……那个是……一辆红色的好车……

一辆红色的跑车在街上急驰而过。

21　餐厅　日　内

临街的窗口，一个四五岁的精灵样的小男孩把脸贴在窗户上，看着外面，光头在小男孩对面，桌上残留了一块未吃完的比萨，看着最后一块比萨，觉得不吃浪费，吃了又太饱，正在挣扎。蒋丹结了账走过来，把钱包装起来。休闲衣裤穿着运动鞋，像是刚刚从外地回来，不修边幅，她拎起放在地上的旅行袋。

蒋丹：太浪费了吧……（对着小男孩）土豆？

三个人很默契地手心手背，光头和土豆相视而笑。

蒋丹一边叼着比萨一边说话。

蒋丹：抓紧时间去血拼？

光头：啊？

蒋丹：对啊，大哥，我刚从山里回来啊，课题、试验都是很辛苦的，严重需要释放！

22　超市　日　内

收银台排着长长的大队。

光头推着一车采购的东西和土豆，跟在蒋丹身后，走在琳琅满目的货架旁边，土豆坐在购物车里抱着刚刚买的零食。

蒋丹手里拿着一盒枫斗，旁边促销的姑娘像单口相声一样不停介绍。

促销员：养阴生津、护肝利胆、增强体质、补益脾胃、强筋壮骨、降低血糖、滋养肌肤、抑制肿瘤，小朋友发烧不用抗生素，煮水喝一个，白领生活压力大节奏快，随手泡茶喝一个，家有老人更要保健，炖汤泡酒都可以，馈赠亲友，有面子，自我保健有品质……

光头显然有点不太耐烦了。

光头：那么请问这包治百病的良药价格是多少呢？

促销员：我们不是药，是保健品……现在买两盒就可以参加我们的抽奖活动，大奖可以赠送价值一千元的……

光头：真没必要的……

蒋丹：（白了光头一眼）买！豁出去了，还抽奖呢。

光头很无奈，促销员热情地给装上了两盒。

促销员：别忘了，在门口您可以拿着小票去抽奖……

23 抽奖处 日 内

结了账了人们挤在各处，打包的，排队的，兑奖的，堆着各种商品，成箱成堆的矿泉水、纸巾、电器。排在蒋丹前面的人兑了奖，拿了一包纸巾。

蒋丹抱着土豆。

蒋丹：我手臭，土豆帮忙发挥一下。

守着抽奖箱的姑娘微笑着，土豆伸出小胳膊在箱子里摸啊摸，摸出一张。

光头在不远处，目光越过人群看着，身边放着购物袋，眼瞧着蒋丹抱着土豆欢天喜地地冲过来。

蒋丹：一等奖哦！

蒋丹快活地狠狠亲了土豆，她挥挥手里的小信封。

蒋丹：这辈子第一次中奖，全靠我儿子！

三个人在人群中欢欣鼓舞。

24　小区　日外

光头推着自行车，车上挂着、手拎着采购的东西，蒋丹一手牵着小绳，小绳的那头连着一辆小小的自行车，小男孩骑在车上。

一家人愉快地哼着歌。

25　楼梯　日　内

光头一肩扛着自行车，一手拎着小车上楼，蒋丹抱着儿子，气喘吁吁。似乎腰扭了一下，停了下来。

蒋丹：阿尔法！你母亲大人已经不堪重负。

光头：土豆，自己走。

土豆：（紧紧搂着蒋丹的脖子）妈妈，亲亲，给你力量！

说着，土豆狠狠地亲了蒋丹的脸颊。

土豆：我是一颗小土豆。

蒋丹：念在你中奖的份儿上……

土豆更懒地趴在妈妈怀里，蒋丹幸福地抱着小土豆上楼。

26 家 日 内

冰箱门被打开了，蒋丹从里面把一个腐烂的苹果扔掉。

她夹着电话，一边打电话，一边把买回来的食物放进冰箱。

蒋丹：到家了，过段时间你和我爸过来吧，我申请了新课题呢！搞不好搞个访问学者，哈佛溜溜，嘿嘿，最近运势相当高涨啊，收拾呢！一会儿做饭，鸡蛋炒鸡蛋……哎呀，我生活可以自理啦。光头也可以自理啦。

一个狭小杂乱但也温馨的小屋，随处可见报纸、杂志和书籍，夹杂着儿童玩具，一面墙壁上挂满了照片，记录着两人在学校、在海外、结婚、生子的经历。小土豆拿着一架小飞机在那墙上一张张照片上表演飞行。

蒋丹一边夹着电话，一边收拾，她把那个腐烂的苹果拿出来，对着光头故意“凶恶”地做着口型。

蒋丹：（无声地）霉菌试验啊！

光头在电脑前抬起头，憨厚地笑笑。

蒋丹：土豆，来接电话。

土豆拿着小手做电话状，比画在耳边。

土豆：喂喂，是妈妈吗？

蒋丹：是姥姥姥爷。

光头接过电话。

蒋丹把烂苹果扔进垃圾桶。

27 客厅 夜 内

土豆看着动画片目不转睛。

光头在书房里读书，蒋丹坐在茶几边，在电脑上写东西，但椅子显然有点不够舒服，她拿起中奖的小信封，溜到光头身后，用手从后面抱住光头。

蒋丹：阿光啊，天上掉的一千元哦，这个光荣的体检机会交给你吧……

光头：我都很正常……

蒋丹：不见得吧……

蒋丹伸手摸着他的光脑袋。

蒋丹：（模仿日本女子）一夜七次郎，恳请您去检查下吧！保重前列腺是非常重要的啊！

光头：娃还在外面……

蒋丹：（引诱不成，小不快）严重怀疑。

光头：我完成报告先……

蒋丹：激情衰退，功能性障碍……上次 60 分，这次……取消考试资格！快起来，今天轮到我用书房……诅咒你的前列腺。

光头颇不情愿地起身，一把抢过体检卡。

光头：诅咒你的……乳腺……促销骗人的把戏……

光头投篮状一下把卡扔进了垃圾桶。

蒋丹：（一时无招只好针对土豆）土豆，不能再看了。

土豆仍然目不转睛地看着。

蒋丹：一、二、三……我数到五……

土豆用小手把眼睛捂起来，从指缝里看。

蒋丹：（头也不回）从指缝里看也不行。

土豆把指缝合起来。

蒋丹：听到也不行。

土豆一手捂着眼睛，一手堵着耳朵。

蒋丹：四、四点半、五……

刚刚数到 5, 突然停电了。一片漆黑，只有电脑的屏幕还亮着。

土豆：（惊讶地）妈妈，你太厉害了！

光头拿着手机照着亮。

光头不好意思地做着口型。

光头：忘了买电了……

蒋丹用手在脖子上比画着杀头的样子，无奈又生气，不搭理光头。

土豆和光头点着蜡烛，土豆捧着过来。

蒋丹：土豆像小天使一样，土豆的爹可不是……

光头：拜托，我很忙啊……

蒋丹还是不搭理他。

28　家　日　内

蒋丹背了包正要出门，去收拾垃圾袋，准备带出去扔掉，看到垃圾桶里的体检卡，想了想忍住恶心把卡从垃圾中捡出来。

29　教室里　日　内

蒋丹收拾起讲台上的教案，收起投影屏，那上面挪威森林的页面映在她身后的黑板上。学生们正三三两两地离开教室，隔壁教室里，一个头发蓬乱的男孩正吃着面包就着矿泉水，眼睛却没有离开过书本。

蒋丹走到门口：去食堂吃个午饭，花不了多长时间。

男孩从厚厚的镜片后面抬起头，并不理解地望着眼前的女老师。

30　路上　日　外

蒋丹骑着自行车，一辆汽车压过旁边的水坑，水溅在蒋丹身上，她很不满地撇撇嘴。

31　体检中心　日　内

一群人排着队，量身高、测血压，蒋丹在人群中像玩耍一样看着。轮到她挺胸抬头地让医生检查自己的牙口。

32　幼儿园　日　外

幼儿园门口，土豆独自在幼儿园的滑梯上滑下来，又爬上去，他望望院门口，小朋友们被家长一个个接走了。

33 家 日 内

蒋丹带着土豆进了家门，土豆径直去开了电视。

光头：晚上吃什么啊……

蒋丹：吃点儿好的吧……

光头：（殷切地舔着脸）滋阴壮阳啊……

蒋丹没有接茬儿，进了厨房。

光头连忙跟进去。

光头：（觍着脸皮的样子）报告完成了，有没有奖励啊……

蒋丹：（冷淡地）别给我机会嘲笑你哦……40 分……

光头：（不满）喂……我说……

蒋丹：说什么？我找个备胎去……青年博导难言之隐，苦命娇妻无奈找情……

光头：小心你变成没有乳房的女人。

蒋丹：（苦笑一下）那你要不要找个 75C 啊。

光头：75B+ 我很知足……

蒋丹：（笑着）我要真得乳腺癌了呢？你选保乳还是不保？

光头：割掉割掉……

蒋丹：对你妻子的身体表示一点儿留恋好不好啊……

光头：（眨巴着小眼睛畅想状）听说隆完的手感也很好啊……

蒋丹：（笑了，继而又严肃起来）光头我今天去体检了……

蒋丹拿出那张体检卡。

34　路上　日　外

光头疯狂地骑着自行车，沿着那条蒋丹曾经骑行去体检的路，一路飞驰。

35　医院　日　内

光头手里拿着一叠化验单，冲进了医院，两眼茫然。

36　医院科室　　日　内

医生坐在光头对面，看着手里的报告单。

光头（旁白）：我实在不想重复那些审判词，20％的概率活过5年，乳腺癌，晚期，我很想知道为什么，除了空白，还是空白。

37　麦当劳的24小时店　夜　内

夜里清冷的店里，一个店员正在拖地。

疲惫的光头拿着一个汉堡包饥不择食地吃起来，土豆拿着薯条蘸着番茄酱玩耍。弄得满身满脸都是。蒋丹坐在对面，望着光头。

光头：快吃，吃完回家。

土豆：要妈妈喂我……

蒋丹：土豆，自己吃。

土豆：坏！妈妈坏，没有见过这么坏的妈妈，中国没有，美国没有，全世界都没有。

土豆还在继续玩。

光头：你吃不吃！

土豆一下就被吼哭了，光头看看店员，又自觉愧对痛哭的儿子，伸手摸摸土豆的小脑袋。

38 浴室 夜 内

淋浴中的蒋丹，留恋地抚摸着自己的身体，对着镜子，看看，笑笑。

39 卧室 夜 内

土豆趴在蒋丹怀里。

蒋丹：土豆，你说如果让妈妈放弃身体的一部分，你选什么啊？心脏？

土豆：（摇着头）嗯！

土豆认认真真地看看蒋丹，摸摸脸，摸摸头发，依依不舍的样子，最后土豆抱住蒋丹的乳房。

土豆：可以放弃一个咪咪，土豆长大了，不用吃奶了……

蒋丹笑了，搂着儿子，土豆捧着妈妈的乳房，不肯撒手。

土豆：妈妈，你最好了，中国最好，美国最好，全世界都没有见过这么好的妈妈。

土豆就这样睡去。

蒋丹抱着熟睡的土豆放在小床上。

蒋丹走近光头，拿走他手里一本关于癌症的书，拉着他的手，两人坐在床上，脚贴着脚，手牵着手。

两个人不再说话，手牵着手，坐在床上。

40 空镜

残月如钩，血红。

41 卧室 清晨

隐隐的天光透进屋里，两人坐靠在床上，睡着了。

42 医院 日 外

蒋丹走出医院，走进一家小饭馆里。

43 小饭馆内 日 内

光头呼噜呼噜地吃光了一碗面，样子并不雅观，一抬头才发现蒋丹望着他。

蒋丹：（笑嘻嘻地）要不咱俩离个婚吧。

光头：滚！

蒋丹：（依旧笑）万一……我能活多久？一年？五年？十年？你考虑一下吧……

44 杨浦大桥上 日 外

蒋丹走在大桥上，停了下来，望着桥下的江水，这时电话突然响了。蒋丹接起电话，那头传来一个女人欢快的声音。

非非：老蒋，我下个月回国，还有啥奶粉尿布要运回来不？

蒋丹：我得癌症了……

电话那头：啊？那我是第一个知道并致电安慰的人啦？哈哈，你开什么玩笑。

蒋丹：哈哈，没开玩笑啊……

桥上车来车往，桥下江水滚滚。

45 光头办公室 日 内

狭小的办公室里，光头看着桌上蒋丹的照片，一把拿起来，放进抽屉里，关上。

46 闹市街头 日 外

一个乞丐跪在路边，用残缺的手臂夹着粉笔在行人的路上一笔一画地写着工整的美术字，每个字都很漂亮，但连起来读，似乎并没有什么意义。乞丐跪在那长长的“字画”旁，过往的人往他面前的罐头桶里扔点儿硬币、毛票。

蒋丹坐在路边望着乞丐，面前那一路彩色的字，像路上铺开了长长的经卷。她捡起一支粉笔，学着乞丐的样子，跪在路边，也写了起来。

她不知道该写什么，落下笔来，一撇一捺，写下了“人”字，自己在那两笔上反复描摹。

乞丐：笔画少才难写好，（指着地上的那个几乎被行人的脚步擦掉的人字）我从来都不写这个字。你能写这么大，也能写那么大……

蒋丹捡起粉笔，把那一撇一捺又加长了许多。

47　站台　日　内外

蒋丹看着站台上的光头越来越远。

48　火车上　日　内

一列火车飞驰在铁轨上，钻进黑暗的隧道。

49　车厢内　日　内

黑暗中，车厢的夜灯亮起来，忽明忽暗。

土豆紧紧抓住蒋丹的衣角，左脚绊右脚地摔倒了。

蒋丹：还没过年，磕头也不给压岁钱。

土豆哇哇地要哭。

蒋丹：男子汉，要淡定一点儿。

土豆扁着嘴，显然不懂淡定是什么意思，但是没有再放声大哭。

土豆：淡定是什么意思？

蒋丹：就是淡定的意思啊……你今年几岁？

土豆：（伸着小手）四岁半……

蒋丹：你想不想到十八岁？

土豆不解地望着蒋丹。

蒋丹：你知道妈妈是做什么工作的？

土豆：女博士……

蒋丹：妈妈现在要做一个研究，能让你一下长到 18 岁。

土豆惊讶地张开嘴巴。

土豆：这是什么研究？

蒋丹：科学研究啊！土豆要帮忙的。

土豆：（握着小拳头）那我怎么帮？

蒋丹：有一段时间，土豆可能有段时间见不到妈妈，因为妈妈要学习。

土豆：（像个小大人样地皱着眉头）那不太好。

蒋丹：（佯装叹气）那算了，我就知道自己不能成功。那个研究太了不起了，别人肯定会成功的。

土豆：你要成功了会怎么样？

蒋丹：可了不得了，一旦成功了妈妈就会成为全世界最了不起的女学者，会到全世界最著名的大学。咱们家的人想要活多少岁就活多少岁。姥爷，200 岁，姥姥，200 岁，土豆，250 岁，爸爸，251 岁，比 250 强一点儿。

土豆听不太懂，但是捂着嘴笑了。

火车钻出了隧道，车厢一下亮起来。

蒋丹：你看到那边没有，到时候，我说长一些树吧，那边就会有树，再有青草和野花，再有一条小溪。

土豆：小溪里有鱼吗？

蒋丹：对了，还要有鱼，还有些蜻蜓和蝴蝶。

土豆：都是你变的吗？

蒋丹：妈妈的研究要是成功了，就都可以变出来。

土豆：哇，那妈妈太了不起了！

蒋丹：但是！土豆要帮忙啊，不然妈妈的学分修不够，可就不能把这些变出来了。土豆要是能迅速长到 18 岁，妈妈就会比别人成功得更快。

土豆：我 18 岁了！

蒋丹：你说了不算！

土豆：我想到 18 岁！

蒋丹：我想想土豆今年四五岁，距离 18 岁还有十四五年。

土豆：明天我就要 5 岁！

蒋丹：（满意地笑了）看情况吧……

50 火车行驶在铁轨上

51 小城 日 外

蒋丹和土豆从火车站出来，背着简单的行囊，坐上了颠簸的小三轮，这是一个古朴的小城。

52 小城街上 日 外

蒋丹和土豆走在城街上，蒋丹闭着眼睛，土豆牵着她的手。

土豆：这里呢？

蒋丹：这里是个报刊亭。旁边是个卖糖炒栗子的小摊，对面的老爷爷在做风筝……

土豆非常惊讶。

蒋丹：（睁开眼睛）怎么样，服气了吗？以前妈妈的姥爷就在那边开了一个小店……

土豆跑去那个风筝店前，看着琳琅满目的风筝，好不喜欢。

扎风筝的老爷爷并没有过来招呼他们，他身后大大的牌子写着拆迁甩卖。

远处隐约可以看见正在施工的工地。

街心的小花园里只剩下一个雕像的底座，花园里并没有鲜花。

53 河道 日 外

两个人一人扛着一只风筝，沿着一条干枯的河道走着。

54 桥底下 黄昏 内外

在一条干涸的河道旁，桥下一个老头坐在椅子上，背着手风琴拉着《夏日里的最后一朵玫瑰》。

几个孩子背着书包，有拿着笛子或背着二胡的，正在离开。老头看起来身体非常硬朗，正一个个把小板凳收拾起来。一个家长来接孩子，正和老人寒暄。

家长：（对着小孩）跟蒋老师好好学，蒋老师的女儿又出国又当博士呢！

老蒋笑笑没有搭话。

土豆：姥爷！

老蒋回过头，简直不敢相信女儿、外孙就在眼前。

55 老家小院 黄昏 日 内

小院前一棵老榆树，榆树上挂着一个老旧的篮球筐。

院里老蒋准备好饭菜端上小院的小桌，蒋丹拿着在超市买的那两盒枫斗放在小桌上，自己进屋去帮忙端饭。

一扇屋门紧紧关着，门上贴着一张纸条，蒋丹拿下来，看那纸条上写着：不回来吃饭了，不用等我。

蒋丹趴在窗户上往屋里望。老旧的木床、写字台家具，墙上挂着显然已经过期的挂历、旧画，一张老人的遗像摆在桌上。

蒋丹把纸条拿过来，放在桌上。

老蒋：不行让你妈去上海吧……

蒋丹：（愣了一下）那你呢？

老蒋：我连路都不认识，去干啥。

蒋丹：爸，我要出国一段时间，做一个新课题。

蒋丹没有说话。

老蒋：（有些失落）哦……

蒋丹：（装作没事的样子）应该很快就回来了。

56 墓地 日 外

密密麻麻的墓碑前，蒋丹迷路了，不知该往哪个方向。

土豆拉着蒋丹一脸的别扭。

土豆：（小声地）我们回家吧……

蒋丹茫然地走在前面。

57 外婆的墓碑 日 外

蒋丹用毛笔蘸着油漆，描那墓碑上的褪色的字。

远处，土豆尝试着放风筝，跑了一次又一次，那风筝怎么都没有飞起来。

蒋丹：土豆，我们来捉迷藏吧！成功了，你今天就长一岁。

58 墓地 日 外

土豆：（蒙着眼睛）七、八、九、十……

土豆睁开眼睛，偌大得墓地，只有他一个人。

土豆：妈妈！

土豆慢慢地走着，在每块墓碑后面寻找，可是却离蒋丹藏身的墓碑越来越远。

土豆：我看到你了！

偌大的墓地并无反应。

刮起的风把一朵花吹落在地上，滚滚来到土豆脚边，土豆被吓了一跳，不禁跺着脚。

土豆：你在哪儿！你们在哪儿！我不玩了！我要回家……

土豆放声大哭。

可蒋丹背靠着墓碑，并没有出来。

59 竹节巷 日 外

长长的竹节巷，巷头立着牌坊，蒋丹经过巷子，巷子的尽头一座小小的寺庙，虽然小却很有年头的样子。

60 寺庙 日 内

寺庙的一间房里，妈妈跪坐在地上，身边还有一两个年纪相仿的女人。她们手上编着红绳。蒋丹站在门口，望着母亲，虔诚地编着手上的红绳。隐约听到唱佛机的声音。

61 老家小院

小院里那个屋门扇紧锁的房间里亮着灯，老蒋从窗外经过看也不往里看一眼。

这是一个小套间，进门一小间摆着桌椅，里面则是立柜、床铺，一尘不染的清静样子。镜子前面放着老式的雪花膏的白瓷瓶，一把梳子。

蒋丹坐在床边上，妈妈却在不停地翻找。

妈妈：你帮我想想，还能放在哪儿？

蒋丹：妈，还找啊……

妈妈：你姥姥给我写了信，不是被你爸弄丢了就是藏起来了……

蒋丹：你想太多了吧……

妈妈：你不懂，她想活着，人到多大岁数都想活着，抢救了那么多次，她都挺过来了，我就不应该听你爸的。

蒋丹没有说话，显然这话她已经听了很多次。

妈妈拿出一本字帖，蝇头小楷，一派大家闺秀的气质。

妈妈：如果没有你，姥姥也不会让我们再进这个院子，那年你才三岁，第一次见姥姥姥爷嘴巴就那么甜……你姥姥写字，你就跑过去磨墨……

蒋丹：妈……

妈妈：要是当初听你姥姥的话……

蒋丹：那不就没有我了？

妈妈：人这一辈子真没意思。

蒋丹：好好活着不就是意思吗？

妈妈：你们工作忙，就不用跑回来看我们。

蒋丹：（笑笑）看看你胖了，还是瘦了。

妈妈深深叹口气。

妈妈：幸好妈妈还有你……

蒋丹没有接话。

62 院里

土豆、蒋丹的衣服晾晒在院子里，门口摆着两人一大一小两双鞋子，满是跋涉的尘土泥泞。

院子里放着一只大洗衣盆，里面装满了水，在太阳下晒着。土豆光着屁股在院里跑。

蒋丹的干爹、干妈和母亲坐在院子里，干妈夫妇年纪与蒋妈妈蒋爸爸相仿。

干妈：要我看，你和老蒋到上海一住，这院房，重盖一下，咱们合伙开个旅馆……

蒋妈妈：还是算了，不折腾了……

蒋丹在厨房灌好一壶水。

蒋丹：土豆，过来交给你个任务。

土豆：你太懒了……让我干这干那的……

蒋丹：（一副理所当然的样子）谁让你不是大人呢？

光着屁股的土豆背上水壶就往外走。

蒋丹：你要裸奔吗？遇到人笑话你。

土豆：我就说妈妈不给小孩穿衣服……

蒋丹看着土豆耍无赖的样子，有点无奈。

蒋丹：（慈爱地抱过土豆）嗯，你知道妈妈最爱什么？

土豆：学习……

蒋丹：还喜欢土豆嫩嫩的小屁屁，这样，可以给你穿衣服，穿一件打一下屁股，这个条件你接受吗？

63 屋里 日 内

土豆像个小战士一样站在床上，脑袋上刚套了T恤，蒋丹狠下心，一巴掌拍在小屁股，土豆的脑袋从T恤里钻出来，拍完显然觉得这一巴掌重了，看看小屁股有点红了，可是又不得表现出心疼的样子，连忙揉揉。

蒋丹：手感太好了！

土豆眼泪都快出来了，自己却强忍着不作声。

蒋丹把裤子给土豆套上，盖上小屁股之前又是一巴掌。

蒋丹：掷地有声啊！

64 巷子 日 外

土豆带着小帽子，背着水壶一路向前走。蒋丹偷偷跟在后面，不时躲藏，不让土豆发现。一户人家打开门。

老奶奶：土豆，这是上哪儿去？

土豆：（小手一指）上那儿去！

土豆穿过小小的菜市场，一路向前，市场里的小摊贩和蒋丹点头致意。

65 马路上 日 外

土豆站在路边，不时地有过往三轮，红灯的时候车停了，土豆没有过。又一个红灯土豆还是没有过，看汽车都停了，有别人过了马路。第三个红灯，土豆终于小心地过了那条窄窄的马路。

66 桥下 日 外

蒋爸爸在给孩子们上课，桥底摆着一块木板就算是黑板了，上面用粉笔画着五线谱和乐理符号。

蒋爸爸终于坐下歇息，土豆不知从哪里跑出来，怀里抱着大水壶，蒋爸爸惊喜万状。

土豆：姥爷，你忘带水壶了……

蒋爸爸：你自己跑来多危险。

土豆：（偷偷笑）妈妈肯定跟着我呢！

远处的蒋丹连忙藏起来。

67 回家路上 日 外

蒋丹和土豆走在干枯的河道边，边走边玩耍。

念着歌谣：小花狗，雪地走，留下脚印数一数，一二三、四五六，一数数到家门口。

68 老家小院 日内外

土豆几乎是抱着碗，狼吞虎咽。

她从背包里拿出一条红色的丝带系在亭子旁边的一棵大树的树枝上。

蒋丹：祝贺你今天长大了一岁。以后每当妈妈说你又长大了一岁，都来系一条红丝带。看什么时候能系满十八条。

蒋妈妈：这还是你姥爷种的……

蒋丹：（笑着）那我以后埋在这儿和它做个伴儿。

蒋妈妈白了蒋丹一眼。

蒋丹：说笑啦！

69 小院 日 内外

小院的桌上摆着饭菜，上面扣着碗和防蝇的罩子，蒋爸爸背着琴往外走，在餐桌上留下字条。

70 桥下 日 外

蒋爸爸在桥下，把黑板擦洗干净，又画上新的乐谱。两个拿着乐器的孩子从远处走来。

71 老家小院 日 内

蒋丹背着收拾好的背包从屋里出来，又推门进了妈妈的房间，拿起那本姥姥的字帖，悄悄塞进包里。

蒋丹掩上门出来，朝着另一个屋叫。

蒋丹：土豆，出发啦！

72 老家小院 晨 外

天光还没有完全放亮，蒋丹牵着土豆出了院门。

穿过古老的城楼。

蒋丹望着远处上山的小亭子。

蒋丹：假设我们的步行速度可以到 1.1 米每秒，每小时前进 3~5 公里，那么我们预计 1 小时可以到达目的地。如果土豆可以做到，今天就可以 6 岁了。你有没有信心？

土豆：有！

土豆气壮山河地回答。

蒋丹吹响了两声挂在胸前的哨子，哨声像是在说“出发”。

土豆撒开腿蹬蹬蹬地跑起来。

73 路上 日 外

乡间的路上不时有拖拉机经过，蒋丹不禁掩面。土豆已经走得满脸通红。

蒋丹：“晋太元中，武陵人以捕鱼为业，缘溪行，忘路之远近。”

土豆：“忽逢桃花林，夹岸数百步。”

74 山间 日外

两个渺小的身影在大山中，小到难以发现。

75 山路上 日外

这是一段上坡的路，两人越走越慢。

蒋丹走在后面，土豆背着小书包跌跌撞撞地在前面。

蒋丹手里拿着一截小树枝，又当拐杖又当教鞭。

蒋丹：坚持住！到前面那棵大树，我们可以休息。

土豆：我不……想走了……

蒋丹：加油！土豆，可以失败，不能放弃。

土豆：妈妈，抱抱。

蒋丹：No！

土豆：我最爱妈妈！

蒋丹：没有用的……你要自己走。

土豆把鞋子脱了，坐在地上，自己在揉脚。蒋丹过来拿着土豆的小脚丫，吹了两口。

两人坐在半山歇息，蒋丹起身。

蒋丹：出发吧！

就在蒋丹转身的时候，土豆趁着她不注意把一只鞋轻轻踢了一下。

土豆：（咋呼地大叫）妈妈！

只见那只小鞋子翻翻滚滚地掉到了下面的沟里，好在沟并不深。

蒋丹正要下坡去捡鞋子，突然看到了土豆脚边泥土被踢过的痕迹，她停住了。

蒋丹：土豆的鞋子太坏了，居然自己跑掉了。让那只叫它兄弟回来。

蒋丹把土豆另一只鞋也扔下去了。

土豆惊呆了。

蒋丹：走吧，我们去把鞋子捡回来。

土豆：妈妈扔的，妈妈捡。

蒋丹：鞋子是谁的？要么土豆就不要鞋子了，要不就去自己找回来。

土豆委屈地要哭。

蒋丹：男子汉，淡定一点儿，你要不要 18 岁了？别的小朋友肯定不会给他们的妈妈拖后腿。你可以选择继续哭，或者就这样跟我走，或者去把鞋子捡回来。

说完，蒋丹自顾自地往前。

土豆：你是全世界最坏的妈妈！

蒋丹背着身忍着不转过脸去看土豆。

土豆哭一哭，觉得无望，流着泪抻着脖子看看自己的小鞋子就在沟里。自己小心地坐下，试探着慢慢往坡下去。

蒋丹偷偷看着儿子。

一只大飞虫嗡嗡地围着土豆，土豆一边躲着，一边拨开那些带刺的植物，一步步靠近自己的鞋子。

蒋丹看着儿子的身影消失在坡下，自己掏出药吃下，可还没见儿子的动静，她不禁有些着急，连忙站起身，草丛中并没有一下看到土豆。

突然听到土豆愉快地大叫。

土豆：妈妈快看！

土豆一手拿着鞋子，一手向蒋丹挥舞，小手里握着一只鸡蛋。

76 山路 日外

两人几乎筋疲力尽，土豆不知从哪里找来的小树枝，也像蒋丹一样拄着走。

77 桥 日 外

蒋丹和土豆走在一条长长的石基上，石基似乎提醒着这里曾经有个浅浅的湖，而现在只有零星的一点儿水，湖底的鹅卵石和石底长出的草。

过了桥远远看见在山谷里藏着一个小院。

78 实验地 日外

蒋丹走在实验的苗圃里，两边的小树苗有不少枯萎了。

蒋丹给每棵植株测量高度，并且记录下来。

土豆：这些小树死掉了？

蒋丹：它们从挪威来的，可能不适应新家吧。

蒋丹有些疲惫，她喝了一口水，把药吃下去。

蒋丹：妈妈想让它们和咱们的树结婚，生新的树宝宝。

土豆：挪威在哪里啊？

蒋丹：在地球那头啊……

蒋丹坐在地头，实在觉得体力不支，就顺势躺在身后的荒草上，土豆也学着她的样子。

两个人望着天空中一只飞鸟。

蒋丹：坐很长很长时间的飞机，时间长到都不知道睡了多久，睡着的时候已经飞过一望无际的海面，再睁开眼睛就到了……

土豆闭上眼睛像是在想象。

蒋丹：那里有海，有山，有很大很大的森林。山顶的雪融化成了小溪，成群的鱼游向大海。落叶厚厚的，就像踩在松软的垫子上，也许你会发现有只小松鼠正在看你，以为你要抢走它手里的松果。空气是甜的，总是隐约能听到音乐，住在那里的人都不会老，如果他们去森林里，摸摸树叶，就又年轻了。

土豆：我们把挪威的森林搬回家吧！

79　山林　日　外

蒋丹骑着自行车，行进在林荫小路上，年轻而健康。

80　落日　日外

大片的森林。

81　河流　日外

月光下一条鱼跃出水面。

82　实验地的小屋　夜　外

在这个相对荒芜的山里，一间孤独简陋的房子，透出灯光。

83　屋内　夜　外

床上的土豆就要睡着了。

土豆：妈妈，你是不是要到挪威去？

蒋丹：睡吧……

土豆：那把我的小鸡也带去吧……

蒋丹帮着土豆掖好被子，从被窝里摸出那个鸡蛋。

蒋丹在灯下看着那本字帖，自己取出纸笔。

84　上海　医院　日　外

光头从医院大门出来，一个号贩子凑上去。

号贩子：要专家号吗？内科、外科、妇科、儿科……

光头：你能弄到床位吗？

85　实验室　日　内

最后一个人开门走了。

光头站在窗口，望着窗外，骑着自行车经过的人。

门开了，一个个子不高但带着学者气息的男人站在门口。

86　校园的湖水边　日　外

光头和彭老师一人拿着一个汉堡，两人望着湖水，那湖水静止不动，偶然有树叶落在上面也会有点小小的涟漪。

光头：彭老师，我突然觉得自己挺没用的……

彭老师：你说奥巴马会不会也偶然感叹一下？

光头笑了笑。

彭老师：看看我和你师母能做点儿什么？

87　蒋丹家　夜　内

光头靠在床上，看着手机上编写好的一大段话，又一一删掉，只写了简单的一句：老婆，什么时候回家？念……

不一会儿，手机又亮起来，是蒋丹的短信。

蒋丹：很快，想念。

光头：（旁白）如果我可以让她衣食无忧，不用再为房子、车子、孩子操心，她是不是就不会生病？如果真有造物主，他愿不愿意改写这些命运？你若安好便是晴天，可你若不好，也是晴天。

88　老家小院　夜　外

妈妈住的小屋传出咳嗽的声音，一会儿，旁边一间房间的灯亮了。爸爸披着衣服出来。敲敲妈妈的屋门，把一瓶药放在窗台上。

89　空镜

阳光明媚的山。

90　林地小屋　日　外

蒋丹带着土豆在地里给小树苗裹上过冬的稻草，远处还有村民帮忙。

一个老农抽着烟和蒋丹聊天。

老农：蒋博士，你说种树价值大，那得多少年？那时候我都变成土了……

蒋丹还没来得及说话，土豆突然哭着跑过来，举着割破流血的小手。

蒋丹：哟，男子汉，流点儿血，不怕的。

说着蒋丹把土豆受伤的小手含在嘴里舔一舔。

蒋丹翻遍了书包，除了掏出的那些药瓶，居然没有一贴创可贴。

老农牵着土豆走去了厨房。

老农：城里娃娃就是精贵……

在灶台前，老农抓起一把燃尽的草木灰撒在土豆的手指上。

土豆：脏。

蒋丹：小文盲，这才是消毒的呢！

老农拿个叶子帮土豆包上，土豆看着万分欣喜，此时似乎忘记了伤痛，把手放在那灰堆里玩耍。

土豆：好软啊，还温温的……

蒋丹坐在灶台前的小板凳上，想要站起来，却没能成功。

91 河边 日 外

蒋丹看着土豆在追鸭子玩。

92 老家小院 日 外

老树上又多了一条红丝带。

93 妈妈小屋里 日 内

蒋丹把那本字帖放在蒋妈妈的房间，轻轻关上门。

94 堂屋 日 内

蒋丹正在给电脑开机。

蒋丹：妈，你看我出国这段时间，你就可以用这个和我联系，比打电话便宜。你选个什么头像啊？

妈妈羞涩地站在一边，像个谨慎的孩子，随手指了一个。

一边蒋丹的笔记本电脑开着，一群联络人的头像闪亮着，另一边蒋妈妈的电脑前，只有一个蒋丹的头像。

蒋丹用自己的电脑发了一张笑脸。

蒋妈妈小心地用两根手指操作着。

蒋丹接到了信息，打开一看写着：你好……

又来了一个信息。一个单字“吗”。

蒋丹：你看，我头像亮着，就是我在，要是不回话，就是在忙呢。

蒋爸爸经过，看了一眼。

蒋丹：老蒋，你也来和现代化接触一下嘛。

蒋爸爸看一看，摆摆手就走了，也没有停留。

蒋妈妈：你林子里要不要人帮忙啊？

蒋丹一愣。

蒋妈妈：我闲着也是闲着……

蒋丹搂着妈妈狠狠亲了一下。

蒋丹：正式聘用你啦！

蒋妈妈拿着炸好的小油果让蒋丹吃，蒋丹却几乎没有怎么吃下，突然站起身，冲去卫生间。

蒋妈妈紧张地跟去。

蒋丹：别紧张，路上吃了凉东西……

只听见里面蒋丹大声地回答。

95　老家小院　日　外

在门口，土豆背着手。

土豆：你就不管我了？

蒋丹：你不要长大了？

土豆无奈地撇撇嘴。

蒋丹和父母、土豆挥手作别，她头也没回地走了。留下父母远远望着她的背影消失在街角。

直到父母进了门，蒋丹又出现在街口，望着自己家的院门，长久的。

96　上海　蒋丹家　日　内

光头收拾打扫着屋子。

97 楼道－家 日 内

蒋丹背着简单的行李到了家门口，以为没有人，便自己掏钥匙开门。一打开门发现屋里完全是另一番景象，像是一个新婚的洞房，点着蜡烛，粉色的花，甚至还贴着路边买来的永结同心。

光头走出来，长久地望着蒋丹。

光头：赵斌元愿意娶蒋丹为妻，在神面前和她结为一体，爱她、安慰她、尊重她、保护他，像爱自己一样。不论她生病或是健康、富有或贫穷，始终忠于她，直到离开世界……

蒋丹笑了，可光头那么严肃，蒋丹落泪了，又笑了。

98 清晨 日 内

光头做好了早饭，摆上餐桌，走进屋里去叫醒蒋丹，才发现蒋丹早已醒来，睁着眼睛望着天花板，紧紧咬着嘴唇，豆大的汗珠滚落。

蒋丹：光头，我很疼……

光头连忙上前，却踩到了床头边掉落的眼镜，板材的眼镜嘎吱碎裂了。

99 医院 日 内

蒋丹躺在医院楼道的椅子上，身上盖着光头的大外套。蒋丹躺在椅子上，过往的人偶然有人看她一眼，蒋丹自觉凌乱，挣扎着用衣服盖住了自己的脸。

一辆车上挂着输液瓶，一家人急急忙忙地推着车，从蒋丹面前经过，看不清车上的人，似乎已经瘦小不堪，只见一只枯瘦的手握着推车边。蒋丹默不作声，她试图坐起来，可怎么都不能成功。

光头焦急地在诊室外，不时往玻璃窗里张望，一群大夫围看着 X 光片。

一个年长瘦削的大夫出来，看着光头。

大夫：你就是李娟家属？我电话都被你们找的人打没电了。

光头：嗯！蒋丹。

大夫：嗯什么嗯，病人在哪儿，有没有止痛？疼都能把她疼死。你们家经济情况怎么样？

光头：你别管钱！

大夫白了光头一眼。

大夫：怀疑骨转移。

光头：到底是什么？能不能严谨一点儿？

100　医院某化验诊室的窗口　日　内

光头焦急地在窗口徘徊，又忍不住凑上前去。

光头：我都坐这儿了半小时了！

里面的工作人员：我都坐这儿三十年了，哪那么快！

101　急诊病房　日　内

蒋丹躺在床上，看门外透过光头的身影，在焦虑地踱来踱去，打着电话。

102　楼梯上　日　内

光头和几个青年男人拿着一张床单，提着四角把蒋丹兜在里面，小心地放在充气垫上，抬蒋丹上楼，他们显然是光头和蒋丹的朋友。蒋丹身体蜷缩，手紧紧地抓住担架边，不时有人疼痛时的哀号传来。

103　病房外　日　内

透过玻璃窗看见几个白大褂围在蒋丹的病床边操弄，有经过病房的家属忍不住围过来，停下向里张望。病房外的朋友们扭过头去不愿看病房里的情景。

104　病床边　夜　内

病房已经熄灯，偶然听到有人叫疼。

胡子拉碴的光头守在蒋丹的病床边，疼痛昏迷的蒋丹，似乎有点慢慢有意识，光头尝试握住蒋丹的手，又怕她疼痛，摸摸她的额头。

光头：疼吗？

光头试着帮蒋丹把身上的反穿衣的带子系上。

蒋丹突然用手护住前胸。

蒋丹：你干什么！我不认识你，走开！我要叫人啦……

光头愣住了。

105 林地 夜 内

蒋妈妈突然从梦中惊醒，土豆忧郁地看着蒋妈妈。

土豆：我的鸡蛋死了……

土豆从被窝里拿出一个压碎的鸡蛋。

林地外一弯残月。

106 老家小院 日 内

蒋妈妈望着电脑上那唯一一个联络人，头像亮着，妈妈尝试着发过去一个图标，那边是自动回复。

“我现在不在哦……”

土豆蹭到蒋妈妈身边。

土豆：姥姥我能过生日吗……

蒋妈妈：还差半年呢。

土豆：昨天我帮姥爷洗碗了，又大了一岁，应该过生日呢。

蒋妈妈笑了。

107 病房 日 内

光头拿着倒好的便盆，往病房走。听见病房传来笑声。

一个女性友人非非坐在蒋丹的病床边，蒋丹半躺在床上，前面的小桌上放着电脑。

光头：又是光头猥琐男夜袭的故事啊……（模仿着）你再靠近我咬你啊！

蒋丹：（虚弱地）二十四笑……我这后半生的把柄算是落下了……

非非笑趴在床上，不小心碰到蒋丹。

非非：（紧张地）疼吗？

蒋丹：要能不疼，小日子过得还是蛮爽的……武侠小说里的断肠蚀骨原来就是化疗和骨转移……

吊瓶里的针剂不断地滴落。

非非：（趴在蒋丹耳边）这里好多乳腺癌哦……

蒋丹：我好幸运哦……还用着化疗界的原子弹，离战胜的那一天不远了……

非非笑了。

光头帮蒋丹稍稍起身，换一块垫在身下的衬布，就是起身的那一瞬间，隐约看见蒋丹腰上放疗烤伤的焦黑的肌肤。

108　医院大楼外　日　外

光头送非非出来。

非非：刚从国外回来，我们感冒的感冒，发烧的发烧，你笑话我们是群实验室里的小白鼠。

光头笑了。

非非：我没敢告诉老蒋，你还记得我们那个学建筑的师兄吗？也得了癌症……

光头没有说话。

109　病房　日　内

蒋丹打开电脑，看到闪动的无数留言。蒋丹点开妈妈的头像，发现几个字，“在吗？在不在？”

蒋丹沉吟片刻，在下面开始回复。

蒋丹：亲爱的老妈、老爸、土豆，我太对不起你们了，前两天有一个考试，搞得我焦头烂额，梳头洗脸都顾不上。

蒋丹通过屏幕的反光，看了看自己隐约的人影。

蒋丹：这次特别想念你们。好想马上飞回去。你们都好不好？……

110　老家　桥下　日　外

大风中，只有两个学生，老蒋正背着琴，他示范一句，学生跟着拉一句。土豆在一边，穿着老蒋的大衣在桥上画画。

111　病房　日　内

对床躺着的人看不清楚，她身边坐着年迈的母亲，小孩围在边上，困倦的母亲倒水给孩子，孩子喝了一口就烫哭了。

像是一阵剧痛，蒋丹停止打字，闭上眼睛。

蒋丹：（画外）课程非常紧张，偶然也会怕考砸了……每天都过得很有规律，老师们很好，但是要求很严。

蒋丹在做穿刺，铅笔芯那么粗的针头从脊椎穿进去。她的身体小幅地震颤了一下。

蒋丹：同学们选的课题差不多，和她们还没有那么熟，主要都是我还没有顾上。

蒋丹尝试从床上坐起来。

蒋丹：最近同学流行短发，扎头巾戴帽子很酷，我打算去剃个光头，潮流一下！汇报征询群众意见。

一个老太太躺在床上，不能动弹，她的老伴帮她把头上的帽子转转，露出帽子前面那朵花。

床边掉落一撮长发，蒋丹捡起来，看着，慢慢系成一个蝴蝶结。

老太太睡过的那张病床已经空了，老头独自收拾整理着曾经的用具，水杯、脸盆、一双老布鞋，整整齐齐地摆着，拿着那顶绣花的帽子，老头在床沿坐下。另一家人新住院患者拎着医院配发的脸盆拖鞋，在护士的带领下进入病房，在那空床边站下。

蒋丹：有的同学很快完成了课题。不过我觉得花长一点儿时间来准备没什么不好的。

112 林地 日 外

蒋妈妈在帮忙卸下给树苗保温的薄膜。

113 医院走廊 夜 内

夜里医院长长的走廊，偶尔有值班的护士走过。

114 病房 夜 内

光头躺在两张凳子拼成的床上。蒋丹试图翻身，光头一下就醒了。蒋丹拍拍床边，示意光头上床来睡。

蒋丹：我没那么疼了，你上来躺会儿……

光头凑合着躺在蒋丹身边，两人静静的，听着偶然传来的脚步声，仪器的灯忽闪忽闪地亮着。

蒋丹：还有钱吗？

光头：你别操心了……

蒋丹没有说话。

光头：什么时候跟爸妈说呢？

蒋丹：等我再好一点儿吧……

光头没有接话。

蒋丹：光头……

光头：嗯。

蒋丹：我想再活五年，你介不介意？

光头：当然介意，起码得十年，老天保佑，让我给你擦一辈子屁股……

蒋丹：（轻蔑地）出息……

115 蒋丹家 日 内

收拾打包的各种家具杂物已经堆满了房间，光头在其中有点无处下脚。

门口一个收破烂的正在称那些旧报纸、杂志。

收破烂的：这个卖吗？

书架上已经空了，搬下来的一摞摞厚厚的书籍没有箱子好装，只好堆在地上，光头拿起一本哲学翻翻，看看另一摞，又是一摞经济学。

光头：卖！

光头指着另一摞“微积分”。

光头：都卖！

收破烂的：（指着那些书）这两个价不一样，这种便宜，五毛一千克。

116 超市 日 内

光头进了超市大门，竖着外套的领子，他的头几乎缩在领子里，已是初冬时节，一进门，他的眼镜就蒙上一层白雾，鼻头冻得通红。光头正在擦眼镜，一个促销员塞了一张广告单在光头手里。

促销员：清仓处理，各种商品五元一件，十元一件，机不可失。

光头戴上眼镜。

堆满了打折物品的花车前，挤满了人，光头提着刚买的东西， 也挤进去，挑了一顶毛线帽子，牌子上写着五元。

付钱的时候，光头看看那促销员似曾相识，促销员正活力旺盛地关照其他顾客，忙不迭地收钱。

117　老家小院　日　内

土豆：（拿着手机）妈妈，你什么时候回来啊……我不是很想你，也有点想你……

土豆似乎在按照电话里的指示把手机递给蒋妈妈。

蒋妈妈：……不浪费你电话费了，你没事就好，我这右眼皮老跳。好吧……

土豆在院子里搭积木，搭好一块，自己又骑着车子围着那积木转圆圈，搭起来的高高的房子轰然倒塌。

土豆停下车又开始搭积木，一边搭小嘴里还一边念叨。

土豆：生活啊，生活，处处是折磨……

老榆树上系着的红丝带被风吹动。

土豆：姥姥……我有点想上海的家了……

118　病房　日　内

光头拿着那顶超市里买的毛线帽子向蒋丹炫耀。

光头：看，这是你的十斤哲学。

光头又举起一双老棉鞋。

光头：这是二十斤经济学……

蒋丹：孺子可教啊……

主治大夫进来查房。

大夫：刘娟。

光头正想纠正，被蒋丹制止了。

大夫：今天吐过吗？

蒋丹：（很乖巧地）一次！大夫，真的不需要把乳房割掉吗？

大夫：（沉吟片刻）你这么年轻，割掉太可惜了……

蒋丹：乳房诚可贵，卵巢价更高，若为生命故，两者皆可抛。

大夫：（笑了）对了，你叫什么娟？

蒋丹：（笑着）不重要的……

119 主治办公室 日 内

办公室只有主治医生一个人，光头小心翼翼地凑近大夫。

大夫：彭老师跟我说了，你放心。

光头笨拙地掏出红包塞给大夫。

光头：多少钱我都不在乎……

大夫抬起头，很愤怒地看着光头。

大夫：你以为放疗是好东西啊！能不做就不做……

大夫把红包塞给光头。

大夫：你也是个博士。病成这个样子你才送来，我接了好多电话都是让照顾你们，你早干什么去了，再晚两天直接送太平间吧。

说完，大夫起身离开。

光头尴尬不已，连忙追出去。

光头：可是她想做，什么治疗都可以……

大夫停下来，回头看着光头。

光头（旁白）：我以为我会失声痛哭，但是没有，无论大夫的预言多么极端，我有足够的理由不信，晚上一个老太太咳嗽了几个小时，震断了几根肋骨，又一个不知名的病友走了。

120 病房里，夜 内

光头轻轻拿走蒋丹手里握着的照片，小心地摆在床边，那是家人的合影，一家四口在草坪上健康快乐的模样。

121 护士的值班台 夜 内

光头借用护士的台灯，在电脑前工作。趴在桌上睡着了。

122 病房 日 内

明媚的阳光照在一家人的合影上，病床上的蒋丹慢慢地坐起来，打开病房的窗户，自己又坐在了窗台上，突然双手一用力，她的身影从窗口消失了。

蒋丹突然睁开了眼睛。

123　病房门口　日　内

光头揉着眼睛，急匆匆走到门口，蒋丹的床空着。

蒋丹正扶着床尾，尝试着慢慢地走，她抬头看到光头，一脸笑容。

124A　楼道　日　内

蒋丹坐在板凳上，围着一块毛巾，光头给蒋丹剃头。

125A　病房　日　内

蒋丹正在给妈妈留言。

蒋丹（画外）：我觉得自己有心想事成的天赋，所有人都觉得我考不过，结果……我成功了。终于轻松了，我第一次仔细地看这个大学，什么样的同学都有，很努力的，很愉快。

有人在院子里扶着小车练习走路；

有人在病房里打牌，看见护士来了，迅速把牌藏起来；

有人系了一条漂亮的丝巾，正给病友们展示，丝巾正好遮住了她的伤口。

124B　楼道　日　内

蒋丹（画外）：有一点，你别怪我，我换了新发型了，很前卫。

光头的蒋丹像个小和尚，摸摸自己的脑袋，摸摸光头的，病友们和护士围观着，蒋丹邀请好奇的病友摸摸自己的脑袋。

125B 病房 日 内

蒋丹还在回复留言。旁边床的阿姨凑过来。

阿姨：蒋博士，我脖子疼得厉害，你帮我看看是不是脑转移啊……

蒋丹仔细地检查，仿佛大夫一样。

蒋丹：（一脸严肃）落枕，绝对是落枕。

门外站着系着丝巾的阿姨，朝蒋丹招手。

丝巾阿姨：小瑞她老公送来水果，叫你过去啊！

126 另一间病房 日 内

这个病房更大，住的人更多，大多是四五十岁的各种阿姨，有一个女人眉清目秀，和蒋丹年纪差不多，热情地拿一个苹果给蒋丹。

蒋丹：小瑞，张哥就是一模范丈夫。

朴实的张哥在一边摆手笑笑。

小瑞：赵博士就不模范啦？

蒋丹：（哧哧地笑着）要不是给你挣钱看病，张哥能毅然离开厨师业变成企业家啊，家庭事业双丰收……模范中的典范……癌症不一定都是坏事啊……

丝巾阿姨：你还有一个博士当使唤丫头，知足吧！

蒋丹：是啊，我和小瑞就是比着“烧钱”。

另一张床上半躺着一个女人，形容憔悴。

憔悴阿姨：（紧锁眉头）蒋丹啊，你书读得多，你说说看，什么自杀办法不那么痛苦啊……

阿姨一脸严肃的表情。

蒋丹小小地咬了一口苹果，有点出神。

蒋丹：（谨慎地）不知道……

趁着张哥出门的当口。

小瑞：给你们看个东西。

小瑞摸出一张照片，那是一张宝丽莱的快照，照着楼顶到地面，已经撕碎了，又拼起来。

小瑞：我真是想死啊……

一个跛脚的阿姨从门外进来，操着一口上海话。

馄饨阿姨：都活着，想什么死啊！

憔悴阿姨：你们说心里话，你们都想过死吧。疼起来，谁没想过死比受罪舒服啊？……

病房里一片寂静，静得可以听到树枝碰在玻璃上的声音。不知道谁的手机响了，来了短信。

混沌阿姨：活着就是吃苦的……阿拉没读过书，男人30多岁就“希特勒”（死掉了），没工作，那个时候就想也“希特勒”算了……

蒋丹听着笑了笑。

混沌阿姨：小叔子给阿拉做了一个小车，推的，卖馄饨、炸臭豆腐，这些原本上海人都是不做的，那要养孩子嘛，两个哦，一天五公里十公里的走，我推车子跑城管都追不上哦。

馄饨阿姨一边说一边比画，神采奕奕的样子。

丝巾阿姨：（教训憔悴阿姨）听听，你吃过这个苦吗?

馄饨阿姨：就是的啊，我又没做坏事还要得癌症，我要跳黄浦江。我都下了决心了，把我儿子给买的好衣服穿上，趁着天气好就爬到杨浦大桥上去了。要跳啊，就听见有人喊，一回头就看见是个穿制服的，他一要吆喝我就害怕，还以为是城管呢，我撒腿就跑，一口气就跑到浦东啦……

馄饨阿姨一边说一边表演。

大家都笑得几乎绝倒。

小瑞：干吗去那儿跳啊……

馄饨阿姨：（抗议着）否则哪死得了啊！黄浦江都是垃圾，要是没淹死，被人捞上来臭死了，阿拉是丢不起这个人的。

丝巾阿姨：以前没头的苦日子都过来了……

馄饨阿姨：对啊，有的治就治嘛，受罪就受嘛，病嘛……你看我熬啊熬，也五年了……

127 上海街道 日 外

外滩的像是流动的风景在眼前经过。

黄浦江水流动着，大桥两侧高楼林立的一片繁华。

蒋妈妈带着土豆坐在出租车上，望着窗外。

128 蒋丹家 日 内

蒋妈妈带着土豆上楼，掏出钥匙开门，发现门没有锁，妈妈推开房门，里面两个工人正在吃饭，屋里粉刷了一半儿。工人抬起头看着蒋妈妈，一脸木然。

129 学校食堂 日 内

学校食堂的简易的饭桌前，光头和蒋妈妈对面坐着，两个人长久不语。

光头：妈……

蒋妈妈出神地看着光头，土豆小心翼翼地望着他们俩。

光头：我不知道该怎么跟……

蒋妈妈：（自说自话地）乳腺癌嘛，还好啦，是吧……她爸爸单位一个老师也得了，快十年了，每天还跑步呢……

130 老家 日 内

电话铃响了，蒋爸爸穿过小院，去接电话，抓起电话，那头没有声音，喂了两声，那边的电话挂掉了。

131 火车上 夜 内 外

深夜的火车上，蒋妈妈坐在车窗边。

132 老家小院 日 内

小院桌前，曾经和蒋妈妈说弄旅馆的干妈夫妇坐在小院，面前摆着茶水。那夫妇从包里掏出一摞人民币，像是十万元，又掏出一摞。

干妈：怎么说我们也是看着蒋丹长大的……

干爹：看上你们这房子很久了……

干妈：蒋丹是上海人了，以后，你们也是上海人了……

蒋爸爸拿着一把笤帚一把打在小桌上。

蒋爸爸：滚！

蒋妈妈有些不认识地略带些自豪地望着蒋爸爸。

133 病房 日 内

蒋丹沉默地看着电脑缓慢开机，光头沉默地坐在旁边。

蒋丹：（终于开口）迟早会知道的……

蒋丹打开电脑，发现妈妈竟然给自己留了言：

“女儿，你的研究还顺利吗？妈妈支持你，很想你……”

134 老家小院妈妈的小屋 日 内

蒋爸爸在院里修理着土豆弄坏的风筝。妈妈在屋里，影集、房产证、户口本摊了一床。妈妈拉开一个抽屉，试图把抽屉彻底搬出来，突然发现一个信封从抽屉底部掉了出来。

妈妈打开那信封，里面只有一张照片，那是一张染色的结婚照，照片上一对年轻男女，男人抱着手风琴，女人幸福地站在他背后。妈妈翻过照片，照片背面竟有一行字，妈妈戴上老花镜，那字蝇头小楷，写得工工整整：

“我的女儿和女婿永远幸福。”

插入

蒋丹在灯下写着。

135 院里 日 外

蒋妈妈坐在蒋爸爸面前，蒋爸爸停下手里的活计，把两张火车票推到蒋妈妈面前。过了片刻，终于第一次听到妈妈和爸爸讲话。

蒋妈妈：老蒋，给我拉首曲子吧，就是那年夏天你拉过的那首……

蒋爸爸没有说话，继续着手里的活计。

136 院里 夜 外

夜色已至。院里黑着灯，蒋妈妈屋里传来叹息声，接着咳嗽起来，蒋爸爸屋里的灯亮了，一会儿蒋爸爸走出房门。

蒋爸爸坐在院里拉起手风琴，那首悠扬的《夏日里的最后一朵玫瑰》。

妈妈房间的灯亮了，她的窗台上放着一瓶止咳的药水。

妈妈坐在床边，听着外面的琴声。她就坐在床边，始终没有动，没有出门，泪如雨下。

爸爸坐在院里拉琴，他抬头看，似乎有零星的雪花飘落。

137　老家小城的街上　日　外

卡车上，倒着蒋丹家那棵老榆树，树枝上拴着丝带，卡车带着老树驶离了老街。

138　上海　蒋丹家出租屋　冬日　内

蒋妈妈挂上了一副新窗帘，上面绿树成荫。

蒋爸爸在厨房忙碌着，炉灶上瓦罐冒着蒸汽，玻璃上雾气腾腾的一片温暖。

门开了，光头带着一身红棉袄红棉裤、红帽子的蒋丹站在门口。

土豆歪戴着小帽子，吹着玩具伸缩哨，欢叫着从屋里冲出来。

土豆：妈妈！

土豆一把抱住了蒋丹的老棉裤。

蒋丹：妈！爸！我回来了！

蒋丹叫着，好像自己真的只是出差归来的样子。

妈妈爸爸连忙过来，蒋丹费力地抱起土豆。

土豆伸出小手，摸摸蒋丹的脸颊。

土豆：妈妈，你变样了……

蒋丹：你变重了……

光头摘掉自己的帽子，怕蒋丹出汗，又帮忙摘掉蒋丹的帽子，土豆连忙摘掉自己的小帽子。

土豆：姥姥姥爷，快看，我们是三个和尚！

139　街景　冬　夜　外

街道上悬挂着各种彩灯，一派节日的气氛。

蒋爸爸、蒋妈妈带着土豆在街边的小推车边挑选着鞭炮，身后一个很西洋范儿的蛋糕店，橱窗里摆放着精美的蛋糕和一棵装饰华丽的圣诞树。土豆艳羡地望着橱窗，用小小的手指比画着蛋糕圣诞树的形状。

姥姥、姥爷要走，土豆也不哭闹，留恋地看一眼，跟着就走了。

140　家里　日　内

各种药片胶囊摆出了一个 Hello Kitty 的头像，闹钟响了，蒋丹把那 Hello Kitty 收成一把，一口气吞下去。

土豆：你好厉害啊！

蒋丹：还有更厉害的呢，妈，你要不要拍？光头的第一次……

妈妈举着家用的小 DV，光头端着托盘，带着针具，隆重登场。

蒋丹挽起袖子，光头看似熟练地用酒精消毒，可姿势甚为紧张。

光头：放松，放松。

蒋丹看着光头操作，只见那一针扎下去，拔出来。

光头眨巴着小眼睛望着蒋丹，蒋丹也望着他。

光头：忘记推药了……

蒋丹：看到了……

蒋爸爸拎着菜篮打算出门。

土豆兴奋地跟上。

土豆：我跟你去吧……

蒋爸爸：又想看圣诞树啦？

土豆点点头，又摇摇头。

土豆：你一人走丢了怎么办……

正在这时，外面响起了敲门声。有人在外面大声问。

“这是蒋丹家吗？”

门开了，几个年轻的男女在门口，扛着一棵圣诞树。

屋里摆放着装饰好的圣诞树，土豆兴奋地跺着脚。

土豆：啊啊啊啊，这下发财啦！

蒋丹：（忍俊不禁）你矜持一点儿……

土豆连忙用两只手捂住自己的嘴巴笑。

蒋丹：今天可是梅森同学Easy海湾落水纪念六周年啊……他刚攒钱买了新手机，在港口像只小兔子一样欢快地跑下台阶，突然人影就消失了。杨扬急疯了，就在港口大叫：“Help！ Help！”。梅森同学，那是相当冷静，据他自己说，第一时间深吸一口气，把新手机高高举过头顶，咚，就下去了。老外们真是相当热心地围将上来，只听梅森同学大喊：Don't worry，I can swim！梅森怎么没来啊……

几个年轻人面面相觑，沉默不语。

一个同学：他这次是真的落水了……

非非赶紧捅捅说话的人。

蒋丹似乎察觉到什么，但没有追问。

一个人赶紧转移了话题，掏出红包给土豆。

同学甲：土豆，提前给你压岁钱啦！

土豆这次很矜持地把小手背过去。同学把红包塞在土豆手里，土豆害羞地交给蒋丹。

蒋丹看看土豆，土豆从小板凳上拿起一幅画。

土豆：这个送给你们。

那是土豆用蜡笔画出的大片森林。

141　单元门口　日　外

光头陪着全副武装的蒋丹下了楼，进了一辆出租车。

142　梅森的病房里　日　内

蒋丹推开门，看见一个年纪相仿的男子躺在床上，那个曾经高唱凯歌的梅森。

男子就是梅森，他看见蒋丹，无力地笑笑，摆摆手。

梅森：Don't worry！

蒋丹：（笑了）I can swim！

蒋丹坐在轮椅上，梅森躺在病床上。梅森的爱人正在削苹果，光头坐在病床旁边，给蒋丹倒水喂药。

蒋丹和梅森两人相视而笑。

蒋丹：看看，咱们还真是般配的两对儿。哥们儿，我们要挺住啊，这么硬的脑袋不白长了……祖国建设等着你呢！盖不会塌的教室……

梅森：（接着）不会垮的桥！

说完两人都笑了。

梅森：太像了，自命不凡，还有什么相似的地方？

蒋丹：（想了想）比如，我们都挺难看的。

梅森：（带着征询的口气）不过我一直觉得自己还挺好看的。

蒋丹：这是我们又一个共同点。

梅森：胸有惊雷面如平湖。

蒋丹：好在不是胸有平湖，面如惊雷。

梅森：真的猛士敢于直面惨淡的人生。

蒋丹：敢于面对淋漓的鲜血。

梅森和爱人、光头又一人一句地接了下去。

蒋丹：闹了半天高中老师让我们背是为了现在用的……

病房外居然像教室一样传来了琅琅的背书声。

病房里只剩下蒋丹和梅森两个人，两人彼此看着，默默无语，蒋丹伸手两人的手紧紧握在一起。趁着梅森要闭上眼睛休息，蒋丹把一个红包塞在他的枕头下面。

143　蒋丹家出租屋　日　内

蒋爸爸在收拾家里客人拜访后残留的茶杯，蒋妈妈戴着老花镜，拿着一个小本，在上面认真地做笔记。笔记上密密麻麻地写着各种账目。

蒋爸爸收起来一盒灵芝。

蒋爸爸：这个也记上，小瑞老公送来的，以后都要好好感谢人家。

蒋丹走过来搂着妈妈的肩膀，又伸手等着爸爸过来拉自己的手一家三口坐在一起。

蒋丹：我爸真是心灵手巧……

蒋丹伸出脚，脚上穿着一双手工缝制的棉拖鞋。左脚上绣着“不离”，右脚上绣着“不弃”。

蒋丹：我是世上最幸福的废物……

144　卧室　夜　内

蒋丹躺在床上给土豆讲故事，一只大公鸡模仿九国语言来叫早。

蒋丹：这只从农场来的鸡离开了巴黎，到了曼哈顿，好高的楼，这么多车，上次差点被人抓去菜市场，这次不能失败了，它站在楼顶上，打算再飞一次，一仰脖……咕咕咕……Good moring！

土豆笑成一团。

土豆：它飞了吗？

蒋丹：且听下回分解……

土豆：（撒娇）不嘛……妈妈，今天我能跟你睡吗？

蒋丹：你是男的，妈妈是女的，你现在只能自己睡了。

土豆：爸爸也是男的，你俩还一起睡？

蒋丹：切，会聊天吗？爸爸现在也长大了，我也不和他一起睡了。不信你问问他。

光头只好无奈地耸耸肩。

土豆在小床上睡去，蒋丹穿着棉袄和光头坐在床上聊天。

蒋丹拿出一个红包，递给光头。

蒋丹：辛苦你了，要不以后每个月给你点儿特殊活动经费，你去释放一下？

光头：你以为家里钱多啊？

蒋丹：你看儿子压岁钱挺多的，都是外快啊！！

光头：儿子长大后要知道自己压岁钱成了老子的嫖资，我这辈子还不毁啦！

蒋丹：（信誓旦旦）天知地知你知我知！

光头：（轻蔑地）我这么 Man 的，别说顶得住，就算顶不住，也不用钱解决，肯定有免费的，说不定还能赚点儿。

蒋丹：（大笑不已）太好了，你要能赚就最好！咱家缺的就是钱。

光头：（皱着眉头）不行，我有心理障碍。……对了，我去捐精吧，像我这么高质量的优秀人才，捐精是给人类造福。听说一次给很多钱呢！

蒋丹：Stop！坚决不可以。万一人家生了女儿，多年之后和土豆相恋，还能谈次恋爱就抓人做次亲子鉴定啊？再说通货膨胀、货币贬值，二十年之后，你知道亲子鉴定啥价格啊？不合适。

光头：那就告诉土豆只能找纯种外国姑娘，任何中国女生都有可能是他同父异母的妹妹？

蒋丹：我哪天翘了，你会找谁呢？或者，你有没有比较心仪的女子。

光头：（眨巴着眼睛，小心翼翼地）范冰冰？（又一转念）算了，不要啦，我也是以前觉得她好看，现在觉得不是那么好看了。

蒋丹：大哥，不是兄弟无能，就算我是资深媒婆也没有本事帮你勾搭上女明星啊。亲爱的，你能从认识的人里找一个吗？

光头：我喜欢彭老师这样的。智慧、宽容、随和，有爱心……可惜他是个男的。

光头听到开锅的哨声，一跃而起，端着汤进来。

光头：彭老师要是个女人，保持他的长相，我想来想去还是接受不了。

蒋丹：真是被你打败了。

光头：要不把你克隆一下？那也只能当你爹了……为了我你也得活一结实。

蒋丹：我争取一个五年计划。

光头：至少得十年！

蒋丹：嘘……别让老天爷听到，太贪心了。

145　殡仪馆外　日　外

光头走出殡仪馆，外面飘着雪花，一众朋友围绕着搀扶着梅森的爱人，一个人捧着骨灰盒，光头抬头望着飘落的雪花。

146　蒋丹家　日内

蒋丹坐在窗前。口中默念着：Don't worry , I can swim ...

她看着窗外下起的雪花，在窗户里伸出手，像是用手心接住雪花。她把脸颊贴在玻璃上，感受着外面的温度。

147　家里　夜　内

蒋丹蹲坐在书柜前，周围乱糟糟地堆了一大堆书籍、证件。她手上拿着一个大信封，从里面拿出一个又一个证，毕业证、学位证、四级证、六级证、计算机证、团员证，最后拿出一个结婚证。

蒋丹：好遗憾啊，你说人注定参加不了自己的葬礼……这些就不要了，（拿着结婚证）这个到时候给我带上。

光头：睡吧……

蒋丹：如果我走了，不要把我留在上海，我想回家，不要花钱买什么墓地了，就把我埋在家里那棵老榆树下面，那是我姥爷、姥姥小的时候种的，让它和我做个伴儿。你看这个——蒋丹翻开电脑，屏幕上是土豆画的森林，蒋丹做成了一个电子的卡片。

蒋丹：也不要开追悼会什么的，大家一起春游一次，在树林里走走，在小溪边坐坐。你说我要不要写上“在某年某月，我回家了”。

蒋丹：光头，我们真是好普通好普通的普通人啊……

光头：你不是……

蒋丹：我原来以为不是……你说我还能熬过今年吗？……

光头：（压低声音呵斥）呸呸呸……

蒋丹：（笑了）一辈子很长，一定要和一个有趣的人在一起……我还没像小瑞那样把老公逼成大款，哪能放心翘辫子。

148 小区 夜外

光头带着土豆和姥姥姥爷在楼下的平地上摊开一挂鞭炮，蒋丹坐在窗前望着他们。

就在他们要点鞭炮的时候，不知道谁家燃放的礼花在空中腾起，巨大绚丽，热闹无比，他们忍不住回头看过去。光头点着的鞭炮也噼噼啪啪地炸开了。虽然没有人家的礼花夺目，但是蒋丹家的鞭炮也炸得坚持。

光头、土豆和蒋爸爸、蒋妈妈抬头望着窗前的蒋丹，朝着蒋丹挥挥手。

蒋丹也朝他们挥挥手，隔着窗户能看到她的口型，似乎是在大声地叫着：“过年好”。

149 春季空镜

150 大桥下 日 外

蒋丹帮助爸爸挂起了免费教学的牌子，蒋丹向路人发传单。

蒋爸爸拉着手风琴。

家长带着孩子停下脚步围观，旁边修车摊的摊主带着孩子也来了，干脆搬着小板凳坐下了。

151 出租屋蒋丹家 日 内

蒋爸爸背着手风琴要出门。

蒋妈妈：说要下雨呢，别出门了……

光头正蹲在茶几旁边写东西。突然手机响了。

光头：喂，张哥……你别急……别急……

蒋丹、蒋妈妈一下紧张起来。

光头皱着眉头，听着电话。

只听见电话那边几乎是呜咽的声音：……赵博士……我们有救了……

152 空镜 日 外

一路的风景轻快地流动，离城市越来越远。

153 车里 日 内

蒋妈妈抱着土豆，光头扶着蒋丹并着行李挤在在一辆商务车内，一个女人坐在前排喋喋不休。

陈圆圆：小瑞她妈妈是知道的呀，她是看的我好起来的，真正的高人在民间的呀，你们是聪明人，上山治，五万元一个月，就比在上海贵一万五，他保证根治啊！

蒋妈妈：那你现在……

陈圆圆拿着自己的诊断结果递过去。

陈圆圆：你们可以自己看看嘛！我不赚钱，我也不缺，哪个比命重要啊，现在跟着杨神医云游治病，不下三百个啦，都是积德……

154 神医小院 日 外

这是一个农家小院，一间敞着门的灶房里有人看着若干炉灶上熬煮的中药。蒋丹送着光头出来，旁边那个医院的病友小瑞拄着拐杖和小瑞的老公也出来了，蒋妈妈和另一家妈妈也跟着，小瑞的老公拉开车门。一个穿着传统中式大褂的老头，从院外进来，手上挂着佛珠，一副道骨仙风、慈眉善目，大家都很礼貌地和他点头。

蒋丹放眼看看四周，小村庄，青山绿水，一个农民打扮的男人背着一个小冰箱从远处走来，经过旁边一家院子，四下看看，摘下一只小瓜，揣在自己的衣服里，又像什么都没发生过一样走。

陈圆圆：看，老陈来了，他原来得了胃癌呢！

蒋丹笑了，光头恋恋不舍地看着蒋丹。

蒋丹：你们放心走吧！

155 神医小院房间 日 内

院里的灯瞬间全部黑了，一会儿黑暗的小房间里亮起烛光。

土豆点着蜡烛走过来。

土豆：妈妈，我其实有点喜欢停电。

蒋丹：为什么呢？

土豆：你说我端着蜡烛像小天使……

土豆爬到蒋丹的身边。

土豆：妈妈……

蒋丹：嗯……

土豆：你会死吗？

蒋丹：为什么这么问呢？

土豆：豆豆说他妈妈生了很重的病，可能会死……

蒋丹：（沉默了片刻）妈妈要当了科学家就不会死了啊……

土豆：妈妈你要快点成功啊！

蒋丹：那土豆要快点 18 岁啊……

土豆：（深深叹了口气）唉……我也有点不是很想你当科学家……

蒋丹：为什么呢？

土豆：你就要去挪威啊，我就见不到妈妈了。

蒋丹：但是妈妈可以看到你啊！

土豆：怎么看啊？

蒋丹：那时候妈妈是科学家了啊，想怎么看到你都可以啊……会有电波，你闭上眼睛，想要什么就有什么。

土豆：妈妈，我也想去挪威……

蒋丹：好吧……那闭上眼睛啊，系上安全带，我们的飞机要起飞了……现在我们在跑到上滑行，现在越来越快，越来越快，飞啦……

插入

飞机在跑到上滑行，收起起落架，离开地面，穿过黑暗，竟是一片明亮的云霞。

156　神医小院　日外

土豆和另一个年龄相仿的小男孩从屋后跑出来。

土豆：妈妈快看！

土豆小手中捏着一只蝴蝶，感觉蝴蝶仍在翕动挣扎。

蒋丹：快放了……

土豆小手一松，蝴蝶落在地上，扇动一下翅膀，终于翩然飞走了。

157　山间溪水边　日　外

蝴蝶飞过这个只有几十户人的小山村，飞过一片山野中的墓地，落在小溪边的花上。

蒋丹和土豆在小溪边，蒋丹打着手机。

蒋丹：好多啦，真的是真的有用啊……我都走到小溪边啦，就这里有信号啊……

158　山路台阶上　日　外

蒋妈妈走一步一叩首，抬头看前方正是一座庙宇。

159　山间溪水边　日　外

溪水边，蒋丹搂着妈妈坐在一块石头上。土豆在远处玩耍。

妈妈：石头上凉……

蒋丹：就想陪你坐着……

妈妈：过些天，我回趟老家……

蒋丹点点头，搂住妈妈的肩膀。

土豆跑过来，手里捧着一小把果子。

蒋丹幸福地看着土豆。

土豆：妈妈只能吃芋头，喝中药……连苹果都没有，太可怜了……

蒋丹：这是妈妈的功课啊……

土豆：我也帮忙了！

蒋丹和蒋妈妈笑了。

160 神医小院的房间 日 内

这就是一个普通的农家小房。蒋丹和小瑞对坐着，看着窗外土豆和小瑞的儿子在玩耍，追着几只鸭子不亦乐乎。

小瑞：……要豆豆的时候，我还给人端盘子呢，你张哥每天都把剩下的好菜好饭带回家。为什么得病是我啊，哪有钱啊，我就想把娃生下来再死，要不他都没到这世上看一眼……其实挺幸福的……就是舍不得……

小瑞的儿子摔倒了，哇哇大哭。

小瑞和蒋丹连忙起身要出去看，只见土豆非常镇定地领着弟弟到水龙头边冲洗，又跑去抓了一把灶灰撒在伤口上，小心地吹吹。

土豆从院里摘下树叶和长长的草给弟弟包扎起来，像煞有介事。

小弟弟抽泣着，倒不哭了。

161 林地 春 日 外

林地的春天来得有些晚，草木还没有茂盛。蒋家的老树被安置在这个小院里，但还没有发芽。

老农敲响小屋的门。

老农：蒋博士病了，要补补，这都是家里养的，没吃过药的鸡……

蒋妈妈感激地看着老农，他打开麻袋，里面躲着几只被捆绑好的鸡，他一只一只地揪出来。

老农：你别说，蒋博士让我家种林子，还没长成，就有人来付定钱了，说能榨油、能干这干那的……你让蒋博士快点好啊！

162 神医小院 夜外

夜色中的小院，响起沉重的砸门声。被敲打的门没有开，旁边一间屋子的灯亮了，借着那灯可以看见正在砸门的是小瑞的妈妈。

蒋丹披着衣服慌慌张张地出来，小瑞妈妈看见蒋丹，一下就哭了。

小瑞妈妈：救护车，快点，救护车……

163 村中小路 夜外

蒋丹打着手电，跌跌撞撞地走在小路上，不停拨打着手机，可手机一点儿反应也没有。

164 坟地 夜 外

蒋丹的身影穿过那片村边野坟，她忍不住剧烈地咳嗽、呕吐，就地蹲了下来，她筋疲力尽，似乎没有办法再往前，她喘息着，靠在一块墓碑边，闭上眼睛。

远远看到另一束手电的光，微弱起伏，隐隐听到土豆的声音。

土豆：妈妈……妈妈……你在哪儿……

土豆打着手电，走在这片坟地中，寻找着，他一边走，一边放下一块石头。夜里不知道什么鸟在叫，在夜色中扑地飞过。土豆小心翼翼地往前走着，身边尽是坟头、墓碑、野草。

蒋丹：（轻声叫着）土豆……

土豆：妈妈……土豆不想玩捉迷藏了……

蒋丹垂头蹲着，她伸手扶着身边的墓碑，想要站起来。

土豆发现了在墓碑边亮着的一束手电光，小心地朝着那亮光的方向走去。

土豆蹲在蒋丹的身边，目不转睛地看着蒋丹。

蒋丹：怕不怕？

土豆摇摇头，伸出小手摸摸蒋丹的脸颊。

蒋丹：妈妈歇一下就好……

土豆：我们来做个交易吧，我亲你一下，你就试着站一下……

土豆凑上去搂着蒋丹狠狠地亲了一下。

蒋丹：一下不够，要十下……

土豆凑上去一下一下地亲起来。

蒋丹虚弱地笑了，把土豆搂在怀里。

蒋丹：土豆，今天你 18 岁了……

165　神医小院　日　外

神医小院人去屋空，煮药的灶房紧锁着大门。

166　山间小路　日　外

光头背着蒋丹走在下山的路上，牵着土豆的手。天空下起雨来，光头打起雨伞，土豆撑开了另一把雨伞。

167 上海桥下 日 外

雨中的街，车辆来往，蒋爸爸孤独地坐在桥下，怅然地望着大雨中的行人、车辆，谁与谁都没有关系，他的面前也没有一个学生。

一个穿着雨衣的人低着头走来，走到桥下，手里拿着一把雨伞。蒋妈妈摘下雨衣的帽子，头发有不少仍被雨水淋湿。她揭开雨衣，拿出一只保温壶。

蒋爸爸捧着一杯盖热水，蒋妈妈坐在他身边的小板凳上。

蒋妈妈：小瑞没了……

蒋爸爸：（默默地）嗯……

两人沉默着。

蒋妈妈：下个月蒋丹就 33 岁了……有十几年没给女儿过生日了……

蒋爸爸：我们以后还是回老家吧……

蒋妈妈没有接话，停了一会儿。

蒋爸爸：今天不会有人来了。

蒋妈妈：给我上课吧，像你平时那样……

蒋妈妈说着搬起小板凳，像学生一样，坐在蒋爸爸面前，蒋爸爸看看蒋妈妈，没有说话。

大桥下，老蒋拉起手风琴，风雨中琴声模糊。

168 医院病房 日 内

蒋丹：我坚持不了了，让我走吧……

病床上的蒋丹已然非常憔悴，她空洞的眼神，望着光头。

光头：（低声呵斥）闭嘴！你这么说对得起谁！你有什么权利放弃？！

蒋丹：你不是我……

光头：我宁愿躺在这儿的是我，你懂不懂？

蒋丹痛苦地不能说话。

光头握着蒋丹的手。

蒋丹：（低声微弱地）我还能回家吗……

光头：我带你回家……

光头坐在病床边，蒋丹的一只手枯瘦蜷在一边，上面满是针眼和瘀青。光头把蒋丹的手轻轻握在自己手里，用自己的指尖逐一对着蒋丹的指尖。

光头：（轻声像说给自己）我陪着你，直到永远，直到世界尽头……

蒋丹：（似乎在回应，声音极低极轻）俗不俗……

光头苦苦地笑了，他就握着蒋丹的手不放开，不敢放开。

169 空镜

下班的匆忙人群。

一个满脸皱纹的老太太坐在地铁口贩卖着几枝枯萎的鲜花，无人问津，偶然经过一个人在她面前放下硬币，却并不去挑选花朵，只是接着往前。

没有几人注意太阳落下时的美丽云霞。

170 医院 夜 内

光头仍然握着蒋丹的手，一边用药棉蘸着水润湿着蒋丹干裂的嘴唇，昏迷中的蒋丹毫无反应。光头起身去倒水，刚刚放下蒋丹的手，却看见她的手指似乎轻微地动了一下，他停下，握住蒋丹的手，怎么都不敢再放下，生怕放下了再也握不住那残存的温度。

刚刚打开的暖瓶敞着口，热气逐渐流失着。

他把蒋丹的手放在自己的嘴唇边，脸颊上，像是爱人正在用手指抚摸自己。他把手放在自己的心口上，像要把自己的脉搏和生命力传递过去，静得可以听到呼吸声，可以听见心跳。

窗外一轮满月像又圆又亮，一如当年那样。

171 客厅

土豆：妈妈，蜂蜜好甜啊。

蒋丹：嗯。

土豆：冰激凌好凉啊。

蒋丹望着土豆笑着。

172　厨房

蒋妈妈戴着老花镜在包饺子，蒋爸爸在和面，蒋丹笑嘻嘻地走到蒋妈妈身后，从后面抱住妈妈，一副撒娇的样子。

蒋丹：饺子啊，我的挚爱啊……妈妈拌的馅儿和爸爸擀的皮是天下的绝配，可惜我就会吃……

173　卧室

推开门，屋里蒋丹打扮得像个新娘。她走过去，依偎在光头怀里。

蒋丹：记得我才 18 岁，怎么稀里糊涂地和你过了 15 年啊……

174　家　日　内

蛋糕上插着数字的“33”，包装里面又掉出来一个数字“2”。

同学：老蒋，买蛋糕的时候忘了你是 33，还是 32 了，就多拿了一个……

蒋丹：（笑了）还是 2 更适合我……

虚弱的蒋丹仍不忘开玩笑。

土豆把那个数字 2 捡起，也插在蛋糕上，看起来是 332，数字被一个个点燃了。

土豆面对那点燃的蜡烛异常兴奋。

大家围在小小的茶几前，拍着手唱起生日歌，唯独土豆唱着：祝我生日快乐，祝我生日快乐，祝我生日快乐！

蒋丹感慨地望着眼前的亲人、朋友。

175　蒋丹卧室　夜　内

夜里氧气机在工作，渐渐停止了，蒋丹呼吸困难，她索性一把扯掉氧气罩，艰难地翻过身，趴在床上。

176　家　日　内

一只小的手提箱，里面放上了蒋丹和光头的结婚证、一张全家福和那张土豆画给蒋丹的挪威森林。

蒋丹和光头两两相望，默默不语，蒋丹扶着椅子边，慢慢地站起来。

阳台上晾着蒋丹穿过的红棉袄，旁边还有土豆小小的裤衩，蒋妈妈正在晾床单。

土豆揪着小背心盖住小鸡鸡，很羞涩地看着蒋爸爸正把洗好的裤子晾起来。

177　门口　日　外

蒋丹拉着爸爸的手，又拥抱了妈妈，此时的她已经非常虚弱。

蒋丹：（故作轻松地）你们都别送我啦，土豆和妈妈再见。

土豆背对着蒋丹，不太高兴的样子。

土豆：你真的又要走啊……

蒋丹：要不要亲亲告别一下……妈妈要去机场啦。

土豆：不亲亲是不是可以不走？

蒋丹：土豆，你可是已经长大了啊，理智一点儿嘛……

土豆：（嘟着小嘴）那你放心吧……

蒋丹笑着摇摇头，转身出了门。

蒋爸爸、蒋妈妈站在门口听着蒋丹、光头下楼的声音，久久不肯关门，直到那声音已经消失。

正在这时，屋里的土豆好像想起什么，突然跑去扯下自己晾着的小裤衩，只穿着拖鞋，光着屁股就往门外跑。

土豆：妈妈……

178 车上 日 内外

汽车行驶在路上，反光镜上挂着土豆的小裤衩，迎风晾着，摆动着。

土豆穿着光头的大外套，盖住了小屁股，他站在车里的小过道上。

土豆：妈妈，土豆是不小心才尿裤子的……

蒋丹：（笑了笑）还有呢？

土豆：不哭，不闹，不找妈妈……

蒋丹：还有呢……

土豆：男子汉，要淡定，可以失败，不能放弃。

非非：（开着车迟疑地）去？……

土豆：我送妈妈去机场，她要去挪威，那儿有森林。妈妈……

蒋丹：嗯。

非非看看光头像是得到了去机场的暗示。

土豆：（扭捏地）我刚才忘了亲亲……

蒋丹：那你还有机会哦……

土豆凑过去，亲了亲蒋丹的脸颊，这是他们的最后一吻。

蒋丹拉起蒋妈妈的手。

蒋丹：还有呢？

土豆想了想，又在蒋妈妈脸上亲亲，又去蒋爸爸脸上亲亲，趴在座位上亲了亲爸爸的光头。

高速路上，车辆开去机场的方向。

179　机场边

蒋爸爸、蒋妈妈牵着土豆，他们仰望着一架飞机高高地飞上天空，土豆被阳光刺得睁不开眼睛，但仍然目不转睛地望着那飞机。

蒋爸爸：女儿早就长大了，我这个糟老头再没用，也会陪着你。

蒋妈妈握住蒋爸爸的手。

180　地铁

汹涌的地铁通道，密密麻麻的人群奔着回家的路。

蒋丹的文字：

需要多大的代价，才能认清活着的意义。在生死临界点的时候，才发现，只想有多一点儿时间陪陪孩子，想把买车的钱给父母买双鞋子，不去拼命换大房子，和相爱的人在一起，蜗居也温暖。我和我的家人是平凡，甚至平庸的，琐碎得那么伟大。

181　家里

电脑前，蒋爸爸试着打开聊天软件。发现蒋妈妈发来的笑脸，老蒋不知道该怎么处理，求助地望着蒋妈妈。

蒋妈妈的电脑上提示有新的消息，若干的消息，显示希望加为好友。打开加载了页面，发现一段视频，晃动着，像是在爬山走路，有人在喘气。

蒋丹：（解说着）我刚刚到，现在正在爬山，看这就是现在的我。

她把镜头调转向自己，那时的蒋丹一副学生气，健美而意气风发。

蒋丹：我们就要到了，快看……

视频里一片开阔，山谷、海湾、云霞。

蒋丹：我很好，你好吗？你们好吗？

蒋丹一人站在山顶，朝着大海的方向。

182　光头办公室

光头坐在办公桌前，看着视频，哭了，又笑了。

他用着蒋丹的QQ，打下了几个字：我很好，你好吗？

183　幼儿园

土豆托着腮帮，看着眼前一个小姑娘。

土豆：我妈妈也没来，我也没哭……

小姑娘还是抽抽搭搭的。

土豆：你淡定一点儿……

小姑娘：淡定是什么意思？

土豆：就是淡定的意思。

小姑娘：你妈妈呢？

土豆：（忙着画自己的画）我妈妈在挪威的森林里，她是一个科学家。

184　街道　日　外

蒋爸爸牵着土豆的手走在街上。

（大桥下）

蒋爸爸的学堂里多了不少学生，土豆混在学生们中间，一会儿动动琴弦，一会儿捣捣乱。

185　蒋丹家　出租屋　日　内

家里的桌上放着一张卡片，那是当时蒋丹在电脑上设计过的卡片，画着一片森林，背面是一张地图。

光头把卡片装起来，出了门。

186　老家的山路上　日　外

这是曾经蒋丹带着土豆走过的那条路。

土豆带着头走在前面，光头和蒋爸爸跟在后面。

蒋爸爸：土豆，背到哪里了？

土豆："缘溪行，忘路之远近……忽逢桃花林，夹岸数百步，中无杂树……"

他们经过那条石桥，桥下是清澈的流水。

土豆：（欢快地叫）看，这是妈妈变的！

187　林地小院　日　外

一只公鸡带着几只母鸡漫无目的地散步，有只母鸡咯咯哒地炫耀着，土豆从草丛里看着，捡出一个鸡蛋。草丛里有动静，一只金黄的小鸡从那里钻了出来。

一只小狗撒开腿跑，土豆追着过去。

绿树掩映中，转角看到了基地的小院。现在的院里有了栅栏，光头和朋友们布置着院落，摆起了长条桌，小瑞的老公、梅森的爱人、那个永远记不得蒋丹名字的大夫都在朋友中。

蒋爸爸、蒋妈妈忙着给大家倒水，把山里采摘下来的水果洗净摆放在桌上。

屋里摆着蒋丹的照片，她微笑着看着大家。

土豆跑到姥姥身边。

土豆：姥姥，你好像老了？

蒋妈妈愣了一下，蒋爸爸正好经过身边。

蒋爸爸：你也不染染头发。

土豆拉起蒋妈妈的手，到了那棵老榆树身边。

土豆：你来摸一下树叶吧，摸一下就能年轻了。

院里的老榆树上系着红丝带，蒋妈妈拗不过，真的摸了一下树叶，很疼惜的样子。这是那棵老榆树，系着红丝带。

土豆：年轻十岁！姥爷也得摸！

土豆试着用小手环抱那棵树，小手臂伸展开也不及三分之一。

光头端着一盘水果放在蒋丹的照片前。

光头望着照片里的妻子。

光头：（旁白）很久没有看过你的照片，因为你就在我身边，希望你喜欢这里现在的样子，我想你应该会喜欢，爸爸、妈妈打算以后常住在这儿，照顾你的树林。

远看小院里人们像是在野餐聚会，围绕在桌子边，蒋爸爸拉着琴。

188　河边　日　外

若干的小鱼放入了清澈的溪水中，光头一家和朋友们在溪水边看着鱼儿们欢愉地游去，朝着一片广阔的天空。

天空里云朵静谧，隐约向前行走。

光头：（旁白）一晃十年过去了，我们的土豆已经长大成人。如果这只是一场电影，我真想这样告诉你。

189 高速路 日 外

一条空荡的高架桥上，父子俩站在天空下，土豆坐在光头的自行车前面，他们仰头看着天空。

光头：（旁白）但其实日子还是一天天过，烦恼也有，快乐也有，除了想你，一切都好。

这个周末，土豆带我玩了一个游戏，我被累惨了，可是很开心。

土豆：（紧张起来）爸爸，准备！

远远听见隆隆的声音，一架飞机很低很近地飞来。

土豆：跑！

光头奋力地蹬着自行车，父子俩追逐着远去的飞机。

藏兵洞

序幕

黑暗中，隐隐听到海浪声、起床号、斧凿石刻的叮当声，逐渐从模糊遥远到清晰，宛如梦境，像有一连的士兵唱着军歌从面前跑步经过，能听着他们整齐的步伐和歌声，却听不真切那歌词，只听见他们齐声喊着：1、2、3、4……1、2、3、4……

未明的天空海面间隐约可见一座孤绝的岛。

一个戴着军帽的士兵望向海面，看不清他的相貌。

有人群在数数和起哄："32、33、34……"

1A 李家 日 内

一个姑娘低着头，看不清她的相貌。她身后的镜子里一个英气十足的年轻男人，出神地望着镜子上写着奖给“五好家庭”的几个红字。

2　县城公社大院　日　外

这个年轻男人有英气的硬朗的脸，他又一次过了横杆，他在做引体向上，旁边的几个男孩轮番松手从单杠上掉下来，只剩了王海还在坚持——一群人围着，数数。王海又一次向上，院里挂着征兵的大红横幅，广播里播送着征兵信息，院里院外报名的人围着负责征兵的人咨询。王海远远看见人群中一个娇小的长辫子的姑娘。

王海又一次向上，头高过了单杠，又一次看见了姑娘。

她穿着很朴素的月白翻领小褂，她把辫子甩在身后，一条长辫子又黑又粗。

“39、40！”

下面围观的人还在记数，一个身量瘦小的男人（小孙）像早就从单杠上掉落下来，眯缝着眼睛，望着王海。

小孙：再来十个，敢不敢。

王海：（艰难而故作轻松）向我开炮，我是王海。

小孙和另一个看着就很老实的男人李毅很配合地嘟嘟嘟发射。人群里一个穿着军装的干部（陈昌杰）对王海颇为留意。

身边人：鲁河公社的，王海，排行老二，高中毕业。

王海再一次向上，只看到姑娘远去了，也没有看到姑娘回头，王海一撒手从单杠上落下来。

望着姑娘离开的方向，追了两步，人影就消失了。

王海还一路循着姑娘离开的方向。

小孙：（对着征兵登记的桌子看了看）我俩肯定没戏了。就王海能行。

王海：（痴痴追着姑娘离开的身影）那得行！等我当上兵，回头第一件事就是娶她。

小孙：谁？

李毅：（捶了王海一拳）不说了要见我表妹吗？

王海看了眼李毅，再转过来，姑娘已经没了踪影。

1B 李家 日 内

边上的介绍人大婶：（尴尬地）要不你们聊聊。

典型的相亲场面，李毅和一个大婶陪坐着，王海和姑娘面对面。

姑娘仍然低着头。

3 县城礼堂外 日 外

广播里的进行曲，锣鼓队，卡车上拉着戴着大红花的青年。王海没有大红花背着行李也往车上爬，被征兵干部陈昌杰从背后拍拍。

陈昌杰：条条大路通北京……

王海不管不顾地追着车跑了两步又停下来，看着车远去了。

1C　李家　日　内

姑娘依旧低着头，她和王海面前一人放着一杯水，那水依旧满着像一口没喝过。

李毅：要不……

介绍人大婶：今天先这样……红霞你说句话？

姑娘抬起头，王海起身走了和姑娘打了个照面。

王海：（小声和李毅说）就她了。

4　青灯小学　日　外

红霞抱着课本从校门出来，放学的学生经过她身边打着招呼。

“老师再见。”

红霞一眼就望见了王海，他站在校门外，海魂衫、黄军裤，歪着头望着红霞。

放学的孩子从王海身边经过忍不住捂嘴笑着。

一个小男孩：我们老师就出来了。

红霞想想，转身又回去了。

学生最后两个学生离开了，校门口空无一人。

红霞走出校门口，她站着张望了下，却并没有王海。

红霞有点失落地低头着走。一阵自行车铃响，她也没有躲闪，王海骑着自行车急刹停在红霞身边。王海得意地拍拍车座。

王海：我就赖上你了。

5　街道上　日　外

小街上有些下班的行人，王海骑着自行车飞快驶来，后座上是红霞，在小街上王海骑得畅快，他俩异常惹人瞩目。

小孙看到王海狠狠地打响一个口哨。

王海：搂我腰，别摔下来。

红霞又朝王海靠紧些。

红霞：（侧过脸问）去哪儿？

王海：（得意）你丢不了。

自行车穿过田野；

自行车经过县城礼堂前；

远远听见自行车铃声，经过了村庄的小街巷。

6　王海家门前　日　外

王海家门前，自行车停下来，王海、红霞抱着两岁的女儿进门。王海搬着自行车进了小院，用链把车锁在树上。

7　民兵营训练场　日　外

卧姿装弹；校对标尺；排除虚光；瞄准，击发。

瞄准镜中远看过去有人挥着小旗子。

王海从枪后抬头。

瞄准半天，只是一发，王海和民兵们起来列队。

靶心十环。

王海不舍地把手里的枪交给对面的下一组民兵。

“报数”“1、2、3、4……”

民兵们站成一排，身后挂着民兵训练的横幅“控制数量，提高质量，坚持党对武装工作的绝对领导”。

展览室内一个玻璃罩内，竖着一把半自动步枪，后面的照片里是毛泽东主席正给一个民兵代表授枪。

王海在人群中，对着那玻璃罩子的枪目不转睛。陈昌杰隔着人群望了望王海高大的背影。

8　民兵训练场　日黄昏　外

夕阳中，王海被陈昌杰带去靶场，远处正能望见一个小型连队的训练场，正有军车拉着士兵唱着解放军军歌经过，王海羡慕地看着。

陈昌杰手心里托着五发子弹。

陈昌杰：打吧。

王海惊喜不已，一口气打了五发。

王海：这多痛快。

陈昌杰拿出一盒子弹。

陈昌杰：这是三十发，给你打个痛快！

王海：来！

陈昌杰：（拿过王海的枪）不是在这儿，你去执行个任务，少带两件衣服，就三天，别告诉你媳妇。

王海：保证让领导放心！

陈昌杰：7 月 16 日，早上 6：30，码头集合。

王海：有枪吧？

陈昌杰：当然。

——序幕完——

9 澡堂 日 内（待定）

解下满是头发茬的盖布，王海扑扑耳朵，他理了个很短很精神的头发。

雾气蒸腾的澡堂内，王海泡在浴池里，他显然很享受泡澡的感觉。

10 卧室 夏 夜 内

红霞给王海量肩宽、裤长。边上搁着一男、一女两件旧毛衣。

红霞：你去哪儿执行任务？

王海：问那么多干啥。

红霞：你还想当兵啊？那会儿你要是真当兵走了，兴许咱俩没戏了。

王海：说不好我现在都入党提干了！

红霞有点不悦。

王海：你嫁的就不是民兵营长，可能是王连长了。

红霞：王连长，你不是要娶那个大辫子的姑娘吗？

王海：又提！不许提了啊……

红霞：执行啥任务？

王海：不是说了吗，保密的。

红霞不悦。

王海说着把男式那件毛衣搁着女式毛衣上。

王海：鲁河有句老话，说洞房那晚，谁的衣服摞在最上面，谁当家听谁的。

红霞：（打乱毛衣）你都没和我说过，不算。

王海：现在说了。

红霞：不算……

王海：大不了，再来一次。

红霞：不许耍赖。

王海：钻被窝，闭着眼睛来。

王海的裤子，红霞的衬衣，衣服一件件撩在床边的椅子上，内衣、裤衩、袜子都脱在上面。

王海：光了没？

两人钻在被窝里，睁开眼，红霞的小花背心占着顶端的位置。

红霞不好意思又得意地笑了。王海有点不敢相信地望着。

王海：（小声嘀咕）坏了……这次不算。

说着，王海赖皮地抱住红霞，两人嬉闹着，在被子里滚成一团。

红霞：大妮醒了？

两人钻出头，只见椅背上搭着王海的裤子，不知怎么地悠悠地滑落，落在了最顶上。

王海：三天，三就回！

说着，王海抱住红霞。

11 码头 晨 外

王海仰头望着阳光从高大的木船边投射过来。他穿着体面的衬衫，里面一件二道背心，下面黄军裤，解放鞋，背着一个黄军挎，站在码头上，他看了眼手表，6：20。

码头上已有打鱼归来的船，渔民们正在卸货、收船，不时有人注意着这个装扮整齐的王海。

忽然听见高处有人喊他："哎，就是你要去开山岛啊！"

王海仰头转过脸，看见一艘木船上站着一个中年男子——渔民老鲍，身边还带着一个十六七岁的少年——老鲍的儿子。

王海：（默念了下开山岛的三个字）哎……

少年：去捡大元宝啊。

王海有点不解，硬笑着。

王海：多捡点儿。

老鲍：（训斥儿子）不许瞎说。

12　渔船上　日　外

王海望着码头在视线里原来越远，面前是一望无际的海面。

风浪逐渐大起来，船身开始颠簸，一个浪打过来，王海躲不及，解放鞋湿透了。

陈昌杰从上方的驾驶舱探出头，大声问："会游泳吗？"

王海直摇头。

陈昌杰从驾驶舱下来，摇摇晃晃地走到王海身边。

陈昌杰看着王海摘下背着的一个小包，点点头。

陈昌杰：部队留了手摇电话、电台，你们民兵训练都使过，有事及时报告，早 7 点，晚 7 点。我让我家大小子留下和你一起。

王海抬头看到船舱里一个 16 岁的男孩穿着海魂衫，有几分兴奋地拉着鲍师傅问这问那。

陈昌杰：都记得哪些任务吧？看到敌国飞机、船啊，要通报，防止特务船和敌特分子偷渡登陆，防止外逃人员船只，一旦发现要协助抓捕，看到海漂、空漂物品和信号弹也要汇报。

王海：枪呢？

风更大了，吹掉了王海头上的帽子，那帽子飞了没多远就落在海面上，渐渐沉了下去。

王海一边可惜着自己的帽子，一边和陈昌杰打趣。

王海：部长，你可得赔我顶帽子。

陈昌杰：十顶都成。

陈昌杰掏出那一盒子弹。

陈昌杰：枪在岛上。

王海如获至宝。

王海：随便打？

陈昌杰：全归你。

陈昌杰把自己带着银色五角星的武装皮带解下来，递给王海，示意王海把自己拴裤子的布绳给他。

王海欣喜地端详着那条武装皮带，系上武装皮带，他立刻挺直了腰板，有了几分军人姿态。

王海：（笑着）这皮带太好了，能用一辈子。

陈昌杰也笑了。

王海：我还哪个岛都没去过呢，这好，先去当三天岛主。

陈昌杰：别大话，我跟你打赌，头一天你都熬不住。

王海：（不屑地）十天都不怕。那你得输双皮鞋。

陈昌杰：你输啥？

王海：（灵机一动）你把我民兵营长撤了。

13 空镜

远看过去，海平面上隐约出现了一个小山样的形状。那形状越来越清晰，像是从海里长出的一块巨大枯砾的石头。

更近一点儿，看到就在这巨大的石头上，整齐地长着五排营房，依着岩石的走向还像长出了台阶、礼堂。

营房上“保打赢，储备战”的红色标语已经清晰可见，一面墙上画着毛主席、雷锋、张思德的头像，色彩艳丽，栩栩如生。门前只有一棵树，是唯一的绿色。

王海望着这座小岛，码头上两个人正挥舞着衣服，不知道他们什么时候出现，像多时之前就已经守在码头上等着的模样。小码头向一个方向延伸出两条路　向上通向营房山门，向下去往海滩。

船越靠近，那两人挥舞得越用力。

王海定睛看，其中一个竟然是小孙。

14　开山岛　营房　日　外

小孙和另一个守岛人与王海一起把几个装给养的纸箱搬进屋里。

小孙：（悄悄问王海）你怎么来了？

王海：我还没问你呢？

小孙：来了就好。

王海：陪我几天呗。

小孙：让陈部长陪你。

王海：你待几天了？

小孙伸出四根手指。

小孙：真不是人待的地方。

王海：我就三天。

小孙打开箱子，看看，里面放了足够一周吃的挂面、大米、香烟；

另一箱满满都是酒。

王海：你拿点儿走，我不会。

小孙：留着吧，留着吧。

小孙古怪地趴在王海耳朵上低声说话。

王海：真的假的，谁像你这么胆小。

小孙：（嗔怪地）爱信不信。

王海迟疑犹豫着，也有点想走。

门外传来的哭声和老鲍的吆喝声，王海、小孙连忙出门。

老鲍：要涨潮了，上船麻利的！

船已经比来时高过水面许多了，哭的是部长陈昌杰的16岁的儿子，他双手紧紧扒着要上船，陈昌杰背着枪却抱着他的腰不让上去。

陈家儿子：你要让我留在这儿我今天就跳海！我不留！

陈昌杰正要训斥儿子，回头看见了王海，小孙迅速地上了船。

王海：我一个人行！

陈昌杰的儿子像得了救星，连忙拉着小孙的手爬上船。

陈昌杰望着王海。

船缓缓离开，王海把拴在码头上的绳索扔向甲板，他背着枪，挥了挥手，下意识地摸了摸腰上的皮带。

王海看了一眼腕上的手边，9：40，秒针又挪了一步，就再也不动了。

15 营房 日 外

王海望着营房桌上摆放的手摇电话，旁边还放着一部军用大八一电台，电台上落满灰尘。

王海背着枪站在营房边小平台上，望着一面山墙上画着毛主席、张思德、雷锋的头像，墙有四五米高，一个人的头像有他整个身子大，王海只能仰望。

王海：报告首长，队列整顿完毕，请指示。

王海转身立正。

王海：敬礼！

平台上只有一只海鸟，看了王海一眼，一拍翅膀惊地飞了。

16 开山岛 日 外

王海背着枪，穿过码头、穿过环形的门洞，朝着紧挨着营房边依山势而建成的石阶，三步并作两步地跑着。

他气喘吁吁的时候，终于看到通向山顶平台的方形门洞，他加紧两步跑上去。海岛上闷热，几步跑上去，王海的二道背心已经湿了大半。

登上山顶平台豁然开朗，王海兴奋地叫：哎！

山顶是一个操场，他的左前方是座白色灯塔，右前方是个篮球架，石头围墙围起三分之二，石头围墙上留着当年的枪炮口，现在看像个小窗口，王海趴在小窗口上看，海面风平浪静，鲍师傅的渔船在海面上已经变成了小黑点，逐渐消失不见。

王海跳上那围墙，又朝海面上的正消失的船看过去，他猛一低头，发现脚下怪石峭壁，一条狭窄的小路紧贴着峭壁，挨着篮球架的那一边一个缓坡连着另一条下山的台阶。

王海跳下矮墙，朝灯塔的方向走去，发现灯塔的下方藏着一条极陡的路，王海扶着旁边的石壁下了几步，一个小小的平台上冒起一个烟囱样的建筑体，上面安着铁质的栅栏，像潜水艇上伸出潜望镜一样凸起，王海扒着往里看看，好像是连着一个房间一样的建筑，但太过漆黑，王海捡了块石头扔进去，又侧耳听听，他忽然看见平台周围一只没有头的海鸟尸体，王海突然回头。

王海：谁？！

王海子弹上膛，隐约好像是石头落下的声音，但又不确切，一只鹰盘旋在上空。王海整顿了下，背上枪，加紧两步朝着那条环绕在后山的陡峭小路走去。

17A 船上 日 外

陈昌杰回望了下几乎快要消失在海平面上的开山岛。

陈昌杰：（对老鲍）鲍师傅，没我在，谁也不许把岛上的人带下来，谁带下来，谁就留岛上。

17B 山 日 外

路边有两三个高低错落的平台，仔细看是连在悬崖缝隙的废弃房屋屋顶，有更窄的台阶，通往山体下部，王海顺着更窄小的台阶向下，没走两步，王海愣了一下，眼前是一个近两米高的石门洞口，水泥墙、厚铁门半掩半敞。

王海走进半敞的铁门，这是一个两米多高的宽阔隧道。

水泥墙，沙土路。墙上有的地方刷了石灰，借着洞口的光线看到，墙壁上大红的标语：“保打赢，储备战。”

王海大着胆子往深走了一段，深不见底的隧道中还藏着若干小房间，有一个房间上安装着近二十厘米厚的铁门，探头进去，隐约看到，里面似乎还有铁门。更远点地方还能看到拱形门洞的岔路口。隐约能听到流水声，似乎在不远的地方，王海下意识地回头看看自己来时洞口的方向，继续往前走，钢筋的梯子，修筑在水泥墙里。一个半封闭的石窗，骷髅和禁止的符号，红色的。王海愣了愣，往前走着，在拱形门洞的岔路口，一边隐约能看见光，另一边似还有岔路，不知蜿蜒去哪里。回头看不到来时的路。

王海：哎！

王海朝黑暗里吆喝了两声，听到自己回音刹那，突然撒腿就跑。

18　洞口　日　外

王海终于钻出山洞，前方一个伸出悬崖的水泥平台上立着生锈的半人高的金属柱，像是船头甲板，迎着风浪，王海小心地探步到平台边缘，扶着金属柱探头往下看，峭壁、海浪。他看不到自己脚下的是一个巨大的炸了一半的洞口，在海浪和风声中发出轰鸣。

19　王海家　夜　　内

女儿小手撑着毛线，红霞正把那花色的毛线缠起来，女儿打着哈欠。

20　开山岛　营房

海浪和风声震耳欲聋，黑暗开始包围着这个孤独的海岛。

一盏煤油灯，王海坐在屋里，像听到什么动静。

王海：（警觉地）谁？

王海壮着胆子打开门，外面没有人。

王海和衣躺在行军床上，一闭上眼，就觉得有人趴在窗前往屋里望。

睁开眼，一个黑影恍惚闪过，定睛看其实什么都没有。王海翻了两下身，索性坐起来，嘴里模拟着火车开过，炮弹飞过，爆炸。

风吹动窗玻璃，震了下，他警觉地望着窗口，门缝。黑影又出现了，王海突然紧张起来，子弹上膛，端着枪对着门口，额头上瞬间有了汗。王海拉开门上的插销，又迅速摆好作战的姿势。

门开了，只是风。

王海冲上去关住门，转身推床顶住大门，拿被子堵住窗口。不知是海风还是黑影，声音一下下撞着屋门。

推开的床，露出原来放在下面的一箱白酒。王海拿出一瓶，长舒一口气，皱着眉，喝了口白酒壮胆。他脱掉上衣，一手握酒瓶，一手端着枪，盯着门口，准备随时和进来的“怪兽”搏斗。

王海：出来！

王海一转头，油灯把他的影子投在墙上。

王海：我不怕你！

王海又喝一口酒，眼前的影子又大了些，晃晃悠悠，王海干脆把酒一饮而尽，手持酒瓶向自己的影子挥了挥——他靠墙近些去抓，影子就躲远了，他退两步，影子又晃晃地壮大了。如此两次。

王海砰砰两枪，只见黑暗中，摩擦的火光划过，打在营房边的石质扶手或是岩石上，又弹射出去。

五排营房中，只有一个屋子隐隐透出亮光，风声、海浪声巨大。

酒瓶在砖地上滚了一下停住，王海靠坐在床上，已经醉了，两眼通红，他努力闭上眼可还是睡不着，手里紧紧握着枪。

21　营房　电台　晨　内

王海带着酒后的头痛，握着手摇电话。

王海：喂，喂……我要人武部……我要……

电话那端刺刺啦啦的断续信号之后，彻底无声了。

22　码头　日　外

远远看到海面上有一条船。

王海撒腿朝着码头奔跑过来，他使劲晃动自己脱下来的衬衣。

王海：哎！！

又爬上礁石，站在礁石尖上晃。船却越开越远，终于消失不见了。

王海一屁股坐下，丧气不已。

23 小阅兵台 日 外

海岛正中，通向门洞前的小阅兵台上，王海坐在前端凸出来的扶手上，望着大海，几十米之外有两块礁石，一块大点儿，一块小点儿。王海从瞄准镜里依次看着那两块礁石。

王海：大石，小石……

王海收起枪。

王海把一颗颗擦得锃亮的子弹一一摆出来。

王海：（对着子弹）一班，二班，你们明白自己的任务了吗？现在开始拉歌，预备，唱！

王海：地道战，嘿，地道战，埋伏着雄兵千百万……王海只穿着二道背心，大裤衩，从水窖里打上一桶水，倒在搪瓷缸子里，刚想喝，只见水浑浊不堪。

一锅白水挂面，水已经开了，王海蹲在小煤炉边上。

王海吃着白水挂面，实在没有味道，手指捏着加了一点点盐。又喝了一口酒，才继续吃。

王海的身影出现在山顶操场，他朝着空气打了两拳，突然很无奈地“啊！”了一声。

王海：来人哪！！

24 屋顶 黄昏 外

王海坐在屋顶，看着天边的云霞，太阳快落了，晚霞艳红映着无际的海面。

王海：（喃喃自语）红……霞……

王海身边放着一瓶白酒，他皱着鼻子，喝了一大口。

25 小街 黄昏 外

红霞拎着一块肉走在小镇的主街上。小孙和媳妇正好迎面走来。

小孙媳妇：哟，李老师，发工资啦！

红霞：（甜蜜地）今天王海该回来啦……

小孙媳妇狐疑地看看红霞，又看了小孙一眼。

小孙：（愣了愣）……哦，嗯！

26 开山岛 山顶

王海站在山顶最高处，背着他的黄军挎。天上卷云像白色羽毛状，渐渐增厚，越来越密集。他像突然看到了船，飞快跳下矮墙，一路朝山下奔去。

27 码头 阴 外

几只海鸟低低飞过。

王海望着一朵巨大阴云压在海面上，从远处朝着开山岛的方向过来，天色瞬间暗了，海浪鼓起来，朝着岸边涌来，看起来有两层楼那么高。伴着轰轰的雷声。

王海本能地撒腿往半山处的营房跑去。

28 营房 台风 内外

一间营房的玻璃被台风刮起的石块击碎。

王海冲进屋内，刚关上门，他住的房间玻璃也被石块打到，碎了一半儿，雨点顺着窗户碎口处噼噼啪啪地刮进屋里，王海撕扯下纸箱去挡住碎口。门又被风咣地撞开。

王海望着外面，海浪汹涌，淹没了码头，直接拍打着阅兵台，阅兵台上的旗杆像火柴棍一样被海浪折断，冲走。

29 王海家 夜 内

收音机里正播送着天气预报：

受10号台风影响，预计今天夜里开始我省中南部沿海将有8~10级大风，后期将继续增强到12~13级；苏北沿海明天也将开始有8~10级大风。明天夜里到后天为强降水集中时段，东南沿海和苏南地区将有暴雨大暴雨，局部山区还有特大暴雨。登陆时正值天文大潮期，需密切关注。沿海各地和有关部门需密切关注当地气象台发布的最新台风监测预报信息，做好各项防台准备工作。

红霞带着妞妞一起吃饭，妞妞想打开扣着的碗，偷偷夹出一块肉吃，她瞄了一眼正在出神的红霞。

红霞打开碗盖，把肉夹给妞妞。

红霞：你爸就是不让人省心，不给他吃。

30 县人武部办公室 雨 日 内

一屋子烟气弥漫，陈昌杰也正愁眉不展地抽着烟，一群人围着。浑身湿透的鲍师傅进来。

鲍师傅：最后一次看到在山顶上，活着呢。活着么大我还是头一次见这样的台风……

31 开山岛营房 雨 日 外

漫天大雨并着大风，王海刚出屋门就被大风吹回去，他冲着外面大喊，可只能看见他声嘶力竭的模样，声音全被淹没在振聋发聩的海浪声和风声中。

32 托儿所 日 内外

瘦小的红霞披着雨衣，抱起女儿，把女儿裹在雨衣里。

身后幼儿园的阿姨望着红霞窃窃私语议论着，似有人推搡着，要告诉红霞什么，红霞朝她们望了望，终于还是没有人上前说明。

33　码头　雨　外

红霞抱着女儿经过码头，渔船收在港湾里，她看了一眼海面上波涛翻滚。

34　王海家　日　内

李毅和小孙坐在红霞对面，两人有点很不好意思的样子望着正在落泪的红霞。

红霞：（委屈）说三天，这都快二十天了，就我一个是傻子，他心里就没有我们娘儿俩。

35　开山岛　日　外

王海煮了最后几根挂面，此时他已经胡子拉碴，头发也长了许多，他光着上身，晒出二道背心的印子，黑了许多。装食物的箱子已经见底，零星还剩一把大米。

王海拆开香烟，对着煤炉点了一根，呛到咳嗽，灭了烟，望了望外面，门外的风没有那么大了，海水也消退了些，远处海面上浪依旧翻滚着。

搬开一块小礁石，一只小螃蟹正从下面逃窜出来。王海捏住螃蟹，扔进桶里。

王海继续寻找，忽然看见一块礁石后面有什么正在动。

王海向前一步，一只快一米的大海龟趴在礁石后，一边的膀子带着伤，裂开了口子，海龟前方一条蛇，正伺机而动，再仔细看，还有一条，从岩石下爬出来，又有一条，从岩石上趴着，还有，还有，王海看到足有十几条蛇，缓慢地扭动，爬行着。

他放下水桶，捏紧了手里的木棍。

蛇凶狠地朝海龟游动着，海龟睁着眼，淡淡地动了动。

王海调整了自己的位置，慢慢靠近，靠得更近一些。蛇准备发起攻击，蛇鳞都立了起来。王海猛地一棒，正中蛇头，蛇并没有死掉，反而朝王海方向飞起袭来，王海手疾眼快，一棒把蛇打飞。又是一条，王海接着又是一棒，他接二连三猛地抽向蛇，他不顾上看清蛇所在的方向，不停地挥舞木棍。王海镇定下来，喘着粗气，定神看，几条蛇已经不动了。

王海跳下礁石，把余下的两条正在扭动的蛇狠狠打死。王海低头看，发现海滩上几滴鲜血，再看才发现这血是从自己的小腿上滴下来的，伸手摸摸，又涌出血。

王海撕烂自己的背心。

腿上包扎过的王海拎桶海水浇在海龟身上，海龟的伤口也已经被包扎了，龟壳的边缘有块明显的缺口。

王海拍拍海龟的头。

王海：你多大了？从哪儿来？到哪儿去？你倒是说句话啊……

海龟缓慢地动了动前臂，像在回应他。

王海：我搁这儿待了三十天了，你是第一个来看我的……

海龟一动不动。

王海：你要真有点灵性，就帮我给媳妇带句话啊。

王海费力地朝着潮汐用来的方向推着海龟。

海龟游走了。

王海：（朝着海龟游走的方向）你要保佑我早点儿回家啊！（自言自语地）都不说回个头……

王海往酒瓶里塞了张字条，堵起瓶口，晃了晃，朝大海扔去。

酒瓶在海面上浮浮沉沉。

36 开山岛 营房 夜

王海望着小煤油灯，一根烟刚抽完，又续上一根。他解开绑在腿上的布，疼得咧了下嘴。

王海忍不住打了个寒战，他随手拉件衣服穿上，还觉得冷，王海掐灭了烟，把被单裹在身上，依然觉得不够，又把床单也裹在身上，王海干脆拉开棉被都裹在身上，裹成了一团的王海身体却在止不住地打战。

风声又大起来，伴着雷声，噼噼啪啪的雨点声打在用木板挡起的窗户上。

王海：（小声地）他娘的……

37　开山岛　营房　日

海滩上蛇的尸体已经被晒得干瘪卷曲，礁石反射着刺眼的阳光。

屋内王海裹在一坨被褥里，脸上毫无血色，嘴唇也全是干裂，他紧闭着眼睛。

苍蝇围绕着在脸盆里死掉的蟹和牡蛎上。

一只苍蝇落在王海脸上，王海眼皮浅浅动了动，嘴唇微微张开了一下，虚弱得连舔嘴唇的力气都没有。

38　码头　日　外

红霞抱着女儿守在渔船边上，鲍师傅正带着儿子织补渔网。

鲍师傅：红霞，你回去吧。

红霞：（小声地）能出海了，按说也能上岛了吧。

鲍师傅：你看那……有口就是风，没口便是雨，海上的天和岸上不一样……

红霞看见陈昌杰和领着一个 30 多岁的男人朝着他们匆匆走来，连忙迎上去。

红霞：陈部长，就让我看一眼……

红霞说着眼泪几乎快流出来了。

陈昌杰：（皱着眉头）鲍师傅，出啥事，都我担着！

鲍师傅：陈部长，浪大了，到了也靠不了岛……

39　海面　船上　日　外

船在海面上剧烈地颠簸。红霞满眼焦急，一手死死抓住把手，一手抱着怀里的女儿。

陈昌杰从驾驶舱出来,身后跟着的新任守岛人是个30多岁的男人。

男人：部长，部长，我改主意了行不行……

陈昌杰瞥了男人一眼。

男人：（讪笑地）我也想挣这钱，后一想，我原本就找不到媳妇，那岛上连鸟都没有，更找不到媳妇了不是？您再换个人？

陈昌杰：今天去也得去，不去也得去。

红霞盯着前方，开山岛终于出现在眼前了。

一个急浪，红霞和孩子被甩在一边，女儿哇哇地哭起来。紧接着又是一个急浪。

陈昌杰望着船头正调转方向。

鲍师傅：前面就是南门沙了，都是暗礁。

眼看离开山岛越来越近，可以看到岛上的营房和标语。

船舱剧烈地抖动，红霞被摔在地上。

鲍师傅：陈部长，真的不行。

陈昌杰：老鲍，你再试试……

鲍师傅：陈部长，这趟我不算你钱，咱这命还得要……

红霞抱着女儿挣扎着，站都站不起来。

船朝着陆地的方向驶去。

红霞绕去船尾，望着开山岛。

红霞：（喊着）王海……王海！你能听到吗？……

40　开山岛　营房　日　内

王海：（喃喃地）红霞……

他伸手摸了摸，像刚在梦里见到红霞。

王海终于慢慢睁开眼睛。

王海想起身发现根本起不来，索性躺着，眼睛才真正地睁开，望着空荡荡的屋顶。看那屋顶渗过水的痕迹好像一个中国地图。

41　开山岛　山顶　日　外

王海站在开山岛山顶，他头发胡子都已经很长，赤裸着上身，裤子也已经斑斑驳驳，像一个野人。

王海站在悬崖边，他低头望望，他试图对着大海撒尿。

王海一口痰吐向大海。

王海：啊……放我回去……

海鸟惊飞。

王海踹开礼堂的门。

王海捶打山洞的铁门。

王海拿着匕首在礁石上狠狠砍下一刀。礁石上密密麻麻的有着几十道刀痕。

王海望着无际的海面，海平面那边终于出现了一条船，王海平静的看看，那船正朝着开山岛驶来，王海歪着头看着，一共两条船，真的是朝开山岛来的。

隐隐听到锣鼓声，声音越来越近。

42 开山岛码头 日 外

锣鼓队在开山岛码头上吹吹打打。越过人群，王海第一眼就看到了红霞，瘦小的红霞正焦急地朝他望过来。

少先队员给王海敬了队礼，戴上红领巾、大红花。

陈部长引着部队的政委，一见王海就紧紧地握着他的手。

政委：（有些激动）王海同志……

说着，政委给王海敬了一个军礼。

王海张着嘴，有点愣愣地没有反应过来。

鼓乐声中，政委把一类哨所的奖状颁给王海，王海对着大家鞠了一躬。

陈昌杰：（小声叮嘱）说句啥……

王海点点头，但他清清嗓子，喉咙里只能发出嘶嘶的声音，一句话也说不出来。王海看了看陈昌杰，陈惭愧又心痛地望着王海。

码头像个小舞台，少先队员正在朗诵。

少先队员：今天天气晴朗，万里无云，我们终于来到了开山岛，看到了英雄的守岛人王海叔叔……

王海回头望着红霞两人却说不上话。

43 营房 日 外

营房前，王海已经刮了胡子，红霞刚刚给他理完发，王海抬起头，四目相望。

红霞：你……

说着，红霞突然哽咽了。

陈昌杰拿来一双崭新的军用皮鞋、一身民兵制服，他示意王海跟他走。

红霞望着王海，摇摇头，暗示王海不要答应。

44 开山岛山顶 日 外

陈昌杰：就一年时间，这是组织交给你的任务。

王海没有点头，还是默默地。

陈昌杰：你知道县委书记一个月拿多少钱？

陈昌杰伸出两根手指。

陈昌杰：23 块……人武部给你 200 块，每个月 200 块。

王海有点心动。

陈昌杰：……咱们县，29 个民兵营，6 万多民兵，前前后后走了四批人，没谁能自己在岛上待着，别说三十天，三天都没有。这钱，不是谁想挣就能挣的。

陈昌杰指着一个方向。

陈昌杰：那，就是日本，1937 年，小日本，先占了开山岛，又占了咱们县，如果当时这儿有一个连，不，一个班，开上两炮，那历史就不一样了，守住这里，就是守住咱国家的大门。你亲大伯是战斗英雄，也是我的战友，我之前没和你说过，前人拿命换来的江山，后人得守住，你就当是替老王家来守岛。

王海沉默不语。

45 营房 日 内

红霞收拾王海的衣服装在包里，血渍干涸的背心，看到屋里酒瓶、烟头、螃蟹壳胡乱扔着，碗摞在锅里，打开一只瓷坛，变质的豆腐乳里还有什么东西蠕动着，红霞忍不住眼圈红了，此时听着屋外陈部长和王海回来的声音。

红霞回头望着王海。

红霞：咱不干，咱家又不比别家差，给多少钱也不能在这儿。

王海紧皱着眉头。

一个小士兵拿着饭盒、罐头一个个打开，放在王海面前，小士兵淳朴地笑笑。

陈昌杰端着酒杯，王海点点头，和他碰杯，一饮而尽。

红霞来不及说什么。

陈昌杰:（意味深长地）打仗是要流血牺牲的，在这儿苦是苦点儿，但是命还在啊，说不上哪天，日本人的船又来了，到时候你王海看守的就不是一个开山岛了，那是全中国。

陈昌杰手臂上的刀伤明显。

46　船尾　日　外

红霞站在船尾，望着被独自留在码头上的王海，挥挥手，又挥挥手。

47　开山岛　日　内外

王海把那枪拆开装上，擦得锃亮，他向后倒在床上，呆呆地望着天花板。

他倒在山顶的平台，呆呆望着天空中的云朵。

营房内，王海拿着手摇电话。

王海：今天，一切正常……

此时，听到渔船发动机的声音，王海警觉地朝外看去。

鲍师傅的渔船正在靠岸，红霞正站在船头。

48　开山岛　营房　日　外

红霞拿了一摞报纸，像贴壁纸一样贴着墙边，米、面、粮、油、行李堆了一地。

红霞展开床单，她带来了他们新婚的被子。拿出几本课本，和一台上海红灯收音机，放在桌上。

王海竟气鼓鼓地转身出门了。

红霞一路追着王海到了海滩。

红霞：我想了一个月了，不是我不想和你商量……你一个人在岛上，真出了啥事，都没人知道……你是傻了，还是……不想我……

王海抱了抱红霞，又抱紧了些。

王海：你傻呀。

49 营房 夜 内

王海：你再说点儿啥呗……

红霞：不知道大妮睡了没有，大妮现在坐不了船，妈不让我带……不然……

王海拿出日志本子，拿一支圆珠笔，在上面写着：1986 年 9 月 20 日红霞上岛了。王海一边记一边和红霞说话。

夜里岛上漆黑一片，红霞窝在床上，藏得更靠里一点儿，王海端着小煤油灯拿来放在床边的小桌上。红霞被传来的风声吓到，朝王海伸手，想要赶紧拉住王海的手。

红霞：老觉得外面有人。

外面传来窸窸窣窣的动静，王海拉住红霞的手。

王海：我说啥，这哪儿是你想待就能待住的地方。

红霞抱着王海。

红霞：谁让你非得在这儿。

王海：（为了岔开话题，故意神秘地）我跟你讲，这儿真不是只有咱们两个。

红霞有点害怕。

王海：你看那……

红霞紧张地朝墙上看，月光透进来，照在墙上挂着的雨衣上。

王海：有天晚上，我喝了点儿酒，迷迷糊糊睡着，听见哗啦哗啦的声，就看到个人影，拿钥匙开门，再看，我那墙上的雨衣在动。

红霞越听越紧张。

王海：我就没敢出声，它把我的雨衣穿上了。我以为做梦，赶紧把眼闭上，脖子边就有人吹呼热气。

王海在红霞耳后轻轻吹口气，吓得红霞回手狠狠拍了王海一下。

王海：（笑嘻嘻地）不骗你。

红霞：外面没人吧？

王海：我刚不是才巡逻吗？鬼都没有。实在害怕，再有船就下去吧。

红霞：（钻在王海怀里）黄大仙把你抓走咋办。

王海：（抱着红霞）黄大仙也怕我……

红霞：（笑了）别在我前面睡着啊。

王海假装打呼噜。

红霞害怕地摇摇他。

王海：（憋不住笑）哎，我算了算，2000 块能盖三间大瓦房呢。

夫妻两个就相互拥着，听着外面轰轰的海浪声。

50A 开山岛 山洞 日 内外

王海：看，这是炭房；这是部队种的树，就这一棵活着；看，这是蓄水池。

红霞站在门口，门上挂着开山岛民兵哨所的牌子，边上是小炭房，王海揭开一个木盖，用绳子拎起一桶水。

他们身后就是那面高墙上写着“保打赢，储备战”。旁边花坛的一个不起眼的小角落上，倾斜的扶手底端刻着一行小字“共建海上乐园 1951 年东风建”。

王海背着枪和红霞牵着手，红霞探头往山洞望去。

红霞小心地问王海。

红霞：这里头不会藏着啥吧……

王海：害怕啦？

红霞：你在，我怕啥？

两人打着手电，依旧手牵手地往山洞里去。

红霞：你可不许吓我……

王海：你看这儿还有灶台。

红霞：都是部队修的？

王海：一个连的战士，陈部长说的，凿下来的石头背到山下，盖的咱们住的营房……

红霞：（惋惜地）咋能说不要就不要了呢？

王海：万一要打仗了，肯定还得用。这山洞是军事机密，不能跟外人说……

红霞：（很坚定地）嗯！就咱俩知道！王海，我觉得你做得对，这岛是该有人守着。

王海：（得意地）下面还有更神的……

两人走到了洞内的那个岔路口，一边黑漆漆深不见底，一边隐约可以看见亮光。

王海看一眼红霞。

王海：你敢不敢走这边？

王海指着漆黑的一团。

红霞：（犹豫了片刻）你敢我就敢。

红霞小心地往黑暗里望，身后洞口的光线映着红霞的侧脸，王海忍不住亲了红霞一下，红霞有点不好意思，假意推了推王海。

王海：臊啥，这岛上除了你我再没别人了。

红霞：（羞涩地）不是还有黄大仙吗？

王海：向前向前向前，我们的队伍向太阳……

红霞跟着小声地哼唱着，王海低头又亲了亲怀里的红霞，红霞回应着王海。

红霞：呀……枪硌着我了……

王海捧着红霞的脸吻起来。

50B　开山岛　日　内外

王海和红霞一路拉着手，跑上山顶的操场，此时太阳正要从海面上升起，一片辽阔壮美。

“哎！”

红霞：你说日本在哪边？

王海指向斜前方。

红霞：韩国呢？

王海又指。

红霞：真要有日本人的船来了，咋办呢？

王海：我开枪警告！

王海举枪示意，红霞笑了。

竹竿上绑着大红花拆成的红布，王海举着竹竿，挑着红布。

王海：（学着领导的样子问）红霞同志，从今天起，你就是开山岛民兵哨所的一号哨兵，要服从王海同志的指挥，你愿意吗？

红霞：（笑着说）听到啦。

王海：现在开始升旗仪式，敬礼。

王海很认真地从前奏的部分哼唱起国歌。

红霞敬着军礼，伴着身后的日出，王海慢慢地把竹竿举过头顶，两个人又游戏又庄严地举行了第一次的升旗仪式。

从远看着荒凉的开山岛有了一抹亮红色。

51　开山岛　秋日　外

渔船朝开山岛驶来。

两条泥鳅被倒进蓄水池里。

陈昌杰：你非要泥鳅干啥？

王海：听老人讲，井里养点儿泥鳅，水就没那么浑了。

陈昌杰送煤球、米面上岛，王海和红霞一点点往岛上搬。

陈昌杰和王海把两只大汽油桶一路滚上坡道。

陈昌杰：我看红霞气色不好，不是病了吧。

一间储存粮食的营房里，纸箱、米袋被老鼠咬得支离破碎，甚至大门都被咬出洞。大气油桶被摆在屋里，放进米面。入秋的天气加上岛上的风，两人不住地搓手、哈气。

王海：想我家大闺女……闹情绪。

陈昌杰：（想了想）过年你们下岛，团聚下。

52　营房　冬　夜　内

红霞又吐了，紧闭着双眼，瑟缩在被子里，他们把所有能盖的都盖在身上，墙壁上不住地有水滑下来，一开口就是哈气。点着一盏煤油灯，王海脱下身上的军大衣又盖上一层，自己穿着红霞织的杂色的花纹相间毛衣毛裤，也钻进被子。

王海：（心疼地）过了年你别上来了……

红霞：计生办要抓到，罚好多钱。

王海：罚多少我都认，不能让你遭罪。

红霞：这孩子都会动了。我舍不得……

王海：你想生多少咱都要。

王海：我弄点儿土，开春了，给你种点儿菜吃。

红霞：也种点儿花，种点儿树，光秃秃的怪难看的。等孩子生了，咱也该下岛了。

王海：前人栽树后人乘凉。

红霞：（平静了点儿）你听，外面是不是有船……

王海：24 匹的，马力不大……

53 开山岛 礼堂 春 日 外

礼堂外，王海刷上了新标语：生男生女都一样。

阳光下开山岛山门边那唯一一棵树又显出鲜亮的绿色。

收音机：下面是金曲时间……请欣赏：《一条大河》

王海从水泥袋里倒出土，红霞帮着把小树苗种下去。

台阶边撒落一点点土，红霞跟在后面拿小扫帚把散落的土扫起来。

码头上堆放着几袋土、若干小树苗。

王海和红霞正朝着离去的船招手，一直看着那船开远，王海扛着土，红霞拎着几棵树苗。

红霞用手刨着小坑，小心地捧着土，她站起来，直起身，肚子已经很大了，她伸手挡着刺眼的阳光。

54 营房前的小平台 夏 黄昏 外

王海和红霞坐着小板凳，守在一个小方桌边，王海给红霞夹了一只牡蛎，红霞皱着鼻子，有点难以下咽。桌上只有白粥配着一小碟咸菜。

王海：（心疼地看着红霞）不是还剩半根黄瓜？

红霞：（不好意思地）昨天没忍住，一口气吃了。

王海：要不别等陈部长的船了，看看有没有别的渔船能往这儿来的……

红霞：去年的今天，你上的岛。

王海：我想跟你商量个事……

红霞：（笑了）商量啥，我这辈子都不吃螃蟹了。

王海：陈部长想让我们再守一年……

红霞愣了。

王海：（背上枪）趁还有亮，我去看一圈。

红霞不言语，收拾起碗筷。

屋里，已经放了打好的简单行李，红霞拿着一件小毛巾做成的小孩衣服，叠起来放在包里。她打开收音机：

“听众朋友们，现在是天气预报……”

刚说了两句收音机因为电力不足，刺刺啦啦没了信号。红霞拿出电池，放在一个纸箱里，纸箱里满满当当都是用旧的电池。

红霞：王海？

红霞出来四下看看，没有人。

她看着天边的云，看得呆住了。那云朵一层卷着一层。

王海在山顶收好了插着的国旗，望着天边的云。

红霞听到打雷的声音，从墙上拿下雨衣，一件自己穿上，一件拿在手里。

刚出门只看见一道闪电从天空连在海面上，紧接着又是一道闪电，隆隆的雷声传来。

红霞朝右边望去，王海风风火火地走来。

红霞呆呆地看着王海，无辜又很紧张的样子。

王海：明天有船你就下岛。

红霞还是看着王海。

55 营房 夜 内

王海和红霞已经躺在床上。

红霞推推王海。

红霞：你睡了？

王海：嗯。

红霞：睡了你还答应。

王海：昂。

红霞：你已经答应陈部长了？

王海：还没。

红霞：你听，外面是不是老鼠咬窗框呢？

王海：没呀。

红霞：帮我翻个身……

王海帮红霞把枕头垫垫。

56　空镜　海上　夜　外

从开山岛看去，海上的浪又涨起来，浪有五六米高，只见着大浪。

57　营房　夜　内

王海：（迷迷糊糊地）咋啦？

红霞：闷得上不来气。

王海：我给你倒口水。

红霞：疼。

黑暗中王海噌地坐起来。

煤油灯点亮了，王海端着灯凑近，红霞脸上已经有了汗珠，她坐在床边。

红霞不停地深呼吸，想让自己平静一点儿。

她只穿一条棉布大裙子，脸上身上的汗水已经让裙子前胸透湿了一片。

王海：千万别在岛上生啊！

红霞：还差着日子呢。

红霞仍然在调整自己的呼吸。

红霞紧紧抓住王海的手。

海浪汹涌，从远处望着无际大海中一团漆黑的开山岛，一束手电光像漆黑夜里的萤火虫。

红霞疼痛的叫声隐隐传出。

58 人武部话务室 夜 内

陈昌杰：（焦急地）我哪儿懂生孩子啊！你先别急，我把我媳妇叫来，马上就到，她生了仨了，有经验。

他显然是半夜急匆匆起来的，衣裳扣子都没有系，又急匆匆地出门。

接57 营房 夜 内

王海手足无措，守在红霞身边试图安慰，疼痛中的红霞不停捶打王海。

红霞：快去叫人，送我去医院。

王海任凭红霞捶打，完全想不出该说什么。

红霞：你要害死我，我不行了，真不行了……说话！你说话！

红霞死死掐王海的手。

红霞：（哭起来）都怪你……都怪你……

王海另一只手抠在床边上，完全没有察觉指甲和船板之间已经抠出一道道深痕。

疼痛中的红霞没有力气捶打王海。

59 人武部 夜 内

陈阿姨：姜泡破了没？

电话那头显然不知道啥是姜泡。

王海：（内心独白）啥是脐带？

陈阿姨：弄点儿纱布？没有，没有就去弄点儿布，烧水，烧开，把布煮一煮。剪刀有吧？在炉子上烧红了，也煮一煮。

慌乱的王海把自己身上的汗衫脱下来，裁成十厘米宽窄的小条。剪子在煤油灯上烧红了。

陈阿姨：剪刀放在干净的地方，备用。记住了吗？现在立刻去做，我一直在，有什么情况就赶紧汇报。

60 开山岛 夜 内外

王海用毛巾给红霞擦擦。

王海：喝口水吗？

红霞摇摇头，她疼得有点恍惚。

红霞：天亮了？

王海：还没……红霞，我这辈子都欠你的。

红霞：好累……王海……不怪你，……万一我和孩子有事，你要把我送回岸上……

王海听着心疼又无助，他跪在床边，狠狠朝床边的桌子撞着头。

天色渐渐亮了，海上的风浪依旧巨大。

人武部值班室里，陈部长和妻子看了一眼墙上的表，已经是上午9点整。

红霞虚弱地闭着眼，嘴角有些抽搐。

王海：我看到头了，看到头了，你再加把劲儿……

王海拿着剪刀的手不停地抖，剪刀刃因为抖动发出碰撞的声音。他跪在床边，拿身体顶着床边好稳定下来，他不停地大口喘气。

王海：放松，放松……两指宽……

王海终于下了剪刀。

红霞：（恍恍惚惚地）孩子是不是哭了？

王海身上的汗衫，裤子都被汗水浸透了，像是刚从水里捞起来一般。

王海手足无措地抱着怀里小婴儿，全身瘫软坐在地上，他大张着嘴，无声地流泪。婴儿突然啼哭起来，王海也放声大哭，他想站起来，却腿软到连站起来的力气都没有。

筋疲力尽的夫妻二人抱着刚出生的儿子。

红霞：好饿，真想吃个鸡蛋……

王海不停地抹着眼泪。

61　开山岛　台阶

王海沿着台阶而下，台风过后，种下的树苗被吹得东倒西歪，枝叶枯黄，泛着白碱，有的甚至被连根拔起，王海走一路，一路拔。

花坛里，一棵小树吹倒伏在地上，根却深深扎在泥土里，枝叶还绿着。

62　开山岛　日　内　外

鲍师傅的渔船靠向开山岛码头，王海接过绳子拴在石桩上。

陈部长夫妇先后下了船。

鲍师傅：（从驾驶室里探出头）恭喜啊王岛主，不光得了儿子，还成了开山岛接生婆啊。五天啊，硬是靠不过来……

众人正围着红霞看孩子。

王海拎着水壶，找了只碗给陈部长倒水，陈阿姨刚喝一口，水还没咽下去，就皱了眉头。

红霞：怪我，算错了预产期。

陈阿姨：（责怪地）太危险了，女人生孩子半条腿都跨在鬼门关里，何况还是在这么荒岛上。

陈昌杰：看看，这孩子长得真好，起名了吗？

红霞：陈部长，还得感谢你和阿姨……

陈昌杰：叫王志国好不好，志在报国，就像他爹一样。

王海和红霞都乐了。

王海：这个名字好……

陈昌杰：这是你们这年的工资，红霞也在岛上，给你们每个月多加一百。我就帮你领来了，这两百，是年终的奖金。

红霞望望王海，王海接过那厚厚的一摞钱。

63 开山岛 夜 外

王海和红霞并肩坐在屋前，看着海上的月亮。

王海：霞……

红霞：嗯……

王海：如果咱们再多待两年呢？

红霞没说话。

王海：陈部长联系给咱小国子上好户口了。

红霞还是没说话。

王海：现在走我总觉得对不住陈部长。

红霞依旧没有说话。

王海：你算算，我们守三年，是不是就当上万元户了？

红霞并不太情愿地笑笑。

王海：我们把大妮也带到岛上来。你撒了种子，至少看看明年还开不开花吧……

64 开山岛 日 外

夕阳中，山顶的操场上，王海和红霞仰望着一架飞机从遥远的天空经过，王海拿着小旗子，像指挥交通一样比画着。

几个月大的小志国躺在床上吃着小手。

王海和红霞在悬崖边向海里抛下蟹笼，零星的雪花飘落。

山门、屋檐被厚重的白色冰凌包裹。

小志国望着天花板，屋顶上贴着一幅手绘的中国地图，上面标注了北京、开山岛。

窗台上摆放着一排子弹，在阳光下依然显着金属的光泽。王海把子弹收起来，放在铁皮饼干盒里，那里面还放着一沓人民币。

夫妻二人在修路，水泥还未干时，两人在上面画出一个五角星，写下日期：1988 年 9 月。

王海牵着小志国，一步步爬上台阶。

王海在一块石头上雕雕砸砸，石头上刻着“北京”。

王海把一节节竹节接起来，像一根管道。半悬在屋里的窗前，一滴滴水滴下来，透明酒瓶、饮料瓶盛着土，里面长着绿色的小苗。

一块块小菜地里种下雕刻着“北京”“上海”“南京”“广州”的描红小石碑。

“看看……”小志国会说话了，正站在花坛下，用小手指着。

标语前的花坛里，一棵歪歪扭扭的小树，上面结出一只青涩的果子。

65 人武部 日 内

小孙媳妇：凭啥王海家生一个又生一个，我们就不行，我就不交罚款。

小孙的媳妇大着肚子和陈昌杰嚷嚷。

小孙媳妇：一个5000块，两个10000块，要么他们把罚款补上……

陈昌杰：（不耐烦）你去守岛，你也生，生十个都行。

红霞怀里抱着刚出生的小女儿，身边还跟着大女儿牵着小志国，正站在门口。

她有点不好意思，小孙媳妇更不好意思。

红霞：陈部长，我们就回啦……

陈昌杰：（连忙迎出来）小志国好点儿没？三天两头病，给你爹妈造掉不少钱吧。

说着，陈昌杰摸摸小志国的脑袋，小志国还在咳嗽。陈昌杰从口袋里掏出大白兔奶糖塞给姐姐和小志国。

陈昌杰：表现好了给奖励更多。

陈昌杰趁没人注意，偷偷塞了一百块钱在小志国的衣服兜里。

陈昌杰拿出一包奶糖。

陈昌杰：你们又辛苦了……再坚持一年吧。

红霞：我听王海的……

66 开山岛 山顶平台 夏 夜 外

满天星斗包裹着开山岛，灯塔一明一暗，也像星星。王海、红霞躺在山顶平台上，望着天空的繁星。听着海浪阵阵。

红霞：像在船上。

王海：这是航空母舰，永远都不会沉。我是舰长，你就是副舰长。

红霞：船都能靠岸的……

王海：四面环水，一面朝天，要有个天梯能爬就好了……

红霞：天上也有海吗？

天上的银河和群星们不语。

67 开山岛 夏 日 外

咕咕咕……开山岛还在黑暗中，就传来鸡叫声。

“北京时间 5 点整”，收音机里传出声音。

一间房间的墙上贴满了优秀哨所、优秀民兵的奖状。

王海扛着国旗，红霞、姐姐、小志国、妹妹排着队跟着他一路朝山顶操场去。

从远处看，成群的海鸟围绕着海岛，形成奇妙的景观。

码头边到小阅兵台前的空地上，王海喊着号子，带着 5 岁的小志国跑步。

王海：一二一，一二一……

瘦弱的小志国跑了两步就停下来，气喘吁吁的样子。

王海：（严厉地训斥）跑快，不许停。

小志国：（气喘吁吁）我没劲了……

王海：你现在是军人，敌人就在你身后，没劲也得跑。

小志国又累又气，小手擦着眼泪，又跑起来。几只鸡慢慢悠悠地踱着步子。

两只羊悠闲地吃着草。

小志国费力地爬着台阶，王海在旁边数着台阶数。

王海：316、317，还有 4 节……不能停，不能放弃。

（插入）

海面上起了风，一艘小渔船飘飘摇摇，一会儿能看见，一会儿又隐藏在海浪里。

王海和红霞顶着风雨在后山的炮台，王海腰上拴着背包带，另一头绑在红霞的腰上，王海尝试着从岩石上往下去，他把手里的绳子抛给正往岩石上爬的船员。船员终于抓到绳子，夫妻两人合力把人拉上炮台。

小志国的头终于露出在平台上，他登上了最后一节台阶，此时，他已经看起来六七岁的样子了。

一家五口在山顶打篮球，红霞传给王海，小志国试图接球，王海投篮，球砸在栏板上弹飞了，滚下山崖，山崖下就是大海。他们无比遗憾地望着。远远有船经过，听见隐约有人在打招呼：哎！王岛主。

王海一家人也在山顶这边挥舞着旗子回应着。

岩石的缝隙开出了淡紫、嫩黄的小花。

夕阳中的王海在山顶打着军体拳，小志国和他一样光着膀子，模仿着父亲的动作。红霞在一边幸福地望着他们。

海上的落日美轮美奂。

68 开山岛 夏日外

海滩上，小志国拿着王海的枪，瞄着天，瞄着海，瞄着礁石……

“砰”小志国嘴里做着声音，“砰！”枪走火了。

光着屁股的小志国一路跑一路叫。

小志国：凭啥只能你玩枪啊！你是法西斯……

王海拿着扫帚在后面追着。

红霞：别摔着。

红霞着急地在后面喊着。

69 开山岛 草丛 夏 日 外

一只母鸡咕咕哒哒地叫，扑棱两下翅膀，飞出草丛。

红霞捡了鸡蛋放在篮子里，妹妹跟屁虫一样跟着。小志国蹲在不远处写法西斯，斯字不会写，之写了拼音“si”。他看到红霞便上前黏住红霞。

小志国：妈，今天能给我吃鸡蛋了吧……

妹妹：这个鸡蛋是要卖钱的。

小志国朝妹妹做鬼脸表示愤怒。

红霞：妈给你煮面条啊。

小志国：岸上的人是不是也每天吃面条啊？

红霞摸摸小志国的头，没有多说话离开了。

小志国无聊地坐下，看着面前的母鸡，踱来踱去，母鸡停住了，像打盹儿一样站着一动不动。

小志国盯着母鸡。

70 营房外 平台 夏 黄昏 外

一家人围坐在小方桌边，一小盘花生米、一碟咸菜、一小碟青菜。

王海抽着烟，倒了一杯酒，看着小志国和妹妹先吃，红霞拿出两只煮熟的鸡蛋。

王海朝着大海望去，忽然发现母鸡在礁石上，涨上来的潮水把礁石包围了，母鸡不知所措的样子。

王海：（疑惑地）怎么飞上去的？……

小志国憋不住偷偷地笑了，这一笑被王海发现了。

又一次潮水上来，终于淹没了礁石，潮水退去，母鸡也不见了。

只听见小志国大叫。

小志国：你就是法西斯，法西斯才打人……

王海追小志国的身影跑过平台，平台墙壁上原本鲜艳的毛主席画像已经褪了颜色，雷锋的头像隐约可见，张思德已经完全没了踪影。

71 开山岛 山门边 夏 日 外

两只螃蟹拴着绳子，一前一后地在海滩上爬行。小志国和妹妹在遛螃蟹。

红霞忙碌进出，她刚刚洗了几根青菜端出一盆水。有几只海鸟围着水盆，接着落下喝水。

一间屋子顶上晒着一大盆水，盆子的底端连着一根水管接在屋里，带着莲蓬头，这是一个简易的淋浴房，一看就是手工制作的。王海在屋顶上，摸摸水的温度。

妹妹：那是啥？

顺着妹妹的手指，小志国看到树上结了一个果子，奇异的是有两只彩色的蝴蝶落在上面。小志国把牵螃蟹的绳子交给妹妹，自己轻手轻脚地爬上边上的岩石，试图靠近蝴蝶。

王海：快，趁着还有太阳。王志国你快，你先洗……

一只蝴蝶飞走了。小志国仍试图接近。

红霞刚刚把落在礁石边的半根粉笔捡起来，礁石上写着“1+1=2”，突然听见妹妹撕心的哭声，红霞一下就慌了，连忙往营房跑。

小志国躺在岩石下，王海三两下跳下岩石，抱出小志国，此时的小志国双眼闭着，身体软软得像一个布娃娃，王海手摸摸小志国的后脑，没有血，他抱着小志国腿软地一步几晃。红霞抱着哇哇大哭的妹妹。一家人朝着码头跑去。可是一望无际的大海上几乎看不到一条船。红霞脱下身上的小褂，一边哭，一边奋力又无助地挥舞着。

72 船上

鲍师傅远远看了一眼开山岛的方向，发现有烟。他立刻调转了船头方向。

73 医院 黄昏 夏 日 内

小志国躺在走廊的长椅上，光着膀子的王海和一边的红霞几乎快给大夫跪下了。

王海：大夫，只要你能给看……啥结果我们都不赖医院。钱我完了就给送来……

大夫：（为难的）王岛主，我知道你。咱们这小医院真的看不了，也别动他，如果吐了就有救，再送去大医院，看看有没有颅内瘀血。

黄昏的最后一线光也慢慢从小志国的身体上移走了。

夜里，空荡的走廊里红霞坐在长椅上，小志国躺在红霞的怀里，妹妹乖巧地靠在一边，泪落在孩子脸上，王海一根烟接一根地抽着，小志国的小手软软地握在王海的手里。

天亮一点儿，送饭来的病人家属路过怜悯地望一眼这家人。

红霞两眼通红，望着怀里的小志国，他闭着眼睛，却有了要呕吐的迹象。

光着膀子的王海在走廊里狂奔。

王海：（喊着）大夫，大夫，吐了……有救了……

小志国长椅上搂着红霞。

小志国：妈，那是什么鸟，我从来没见过……

红霞：那叫蝴蝶。

红霞一边说，一边在小志国的小手心里写下蝴蝶两个字。

74 开山岛 海边 日 外

王海晃晃手里的收音机，又拍打着，它还是不响。他把收音机朝大海里丢去。

红霞擦干眼泪，望着王海。

75 营房 夏 夜 内

巨大的海浪冲上几十米高的山崖，浪花冲上了屋顶，从屋顶上盖下来。

妹妹：妈，我想吃肉，大肥肉。

红霞：妈现在给你炒个肉啊，倒上油，花生油，放点儿花椒，葱花，蒜，放肉啦，刺啦，别着急啊，上点儿糖色，颜色不够啊，再加点儿酱油。还不能着急，加点儿水，得咕嘟咕嘟炖一会儿……闻到香味了……

孩子们跟着咽口水。

妹妹：哥，你的鸡蛋分我尝尝吧。

小志国：等你过生日再吃。

红霞：等妈到岸上给你们买肉回来。

小志国：妈，我们为啥在开山岛上？

妹妹：笨蛋，因为爸爸在这儿。

小志国：为啥要有开山岛呢？

红霞：二郎担山追太阳，担子上掉下来一颗石子，就变成开山岛了。

小志国：妈，有一天我梦见开山岛真的开了，有一列火车从山洞开出来，就开在海面上……

妹妹：笨蛋，啥是火车呀。

小志国：你才是笨蛋，爸爸坐过火车，去南京领奖，呜……哐当哐当……

小志国模仿着火车的声音。

王海削着一根木头，削成一个小手枪。

妹妹：妈，能不能听五分钟广播，就听五分钟？

王海想了想，打开收音机。

收音机里传来了温柔的女声独唱。

“背靠着背坐在地毯上，听听音乐聊聊愿望……”

王海停下手中的活，仔细地听起歌词来。

小志国、妹妹已经睡去，姐姐帮助红霞缠好毛线团，上床躺在妹妹身边，小志国手里还紧紧攥着一个鸡蛋。

红霞吹灭了蜡烛。

隐隐听着红霞和王海说话的声音从隔壁房间传来。

王海：说啥今天也不该打小国子……

红霞：咋把今天忘了呢？

王海：（端了一杯酒）敬你。我这辈子都欠你的……

红霞：王海，快十年了，陈部长待咱有恩，是不是也都已经报答了，小国子他们总要上学吧。

王海没有接话。

76 码头 夏 日 外

一阵阵鞭炮声响起，船头升腾起白色的烟雾，伴随着船两侧翻涌起的朵朵白浪花。

王海从码头走向镇街上。

77 医院 夏 日 内

陈部长穿着病号服，干瘦、憔悴却依旧和王海抽烟谈笑，护士开门进来。

护士：说了多少遍，病房不许抽烟。

王海连忙把烟掐掉。

陈部长又拿出两条烟。

陈昌杰：走的时候都带上。

王海连连摆手。

陈昌杰伸出手拉住王海的手。

陈昌杰：你们受苦啦……是我不中用，这么多年都没有找到人来换你。

王海欲言又止。

陈昌杰：小志国有七八岁了吧……该上学了。

王海：是。

陈昌杰：等我出院，我去替你……开山岛是边防前哨，是海上的咽喉，交给别人，给谁，我都不放心……

王海：部长，你先养好病。

陈昌杰：王海啊，人一辈子要知道他能干啥，该干啥，那是他命好。能干好一件事，就是了不得的。

陈昌杰紧紧握着王海的手，王海看着他枯瘦的手，始终说不出话。

78 镇街上 日 外

小孙：你要的煤油实在买不着了，给你弄点儿蜡烛吧还是。贵不了多少……你到是换身衣服啊，这是要演草鞋将军拿破仑还是哪一出啊！

王海：去！

王海在肉摊前看着摊主割下一小条肉，扔在秤上。

一条小流浪狗在旁边翻垃圾，王海掰了一块饼扔给小狗，小狗欢脱地吃了，又望着王海，王海又掰了一块。

小孙骑着摩托经过肉摊。

79 码头 日 外

王海一路走去码头，小狗一路跟着王海。

王海：（对着小狗）没啦……

小狗依旧跟着王海。

王海：你是要跟我一起去守岛吗?

小狗讨好似的摇摇尾巴。

王海摇摇头，往前走，小狗停住了。

王海望着海面，低头一看，流浪狗蹲在他的脚边。

80 开山岛 冬 日 外

海面上卷三四米的大浪，雾中开山岛灯塔的光。

一艘渔船在浪中颠簸，桅杆折断了。

渔船朝着开山岛驶来。

又一个大浪卷来，几乎看不见渔船。

海滩边的王海，一边敲着盆提示，一边叫。

王海：危险区域，礁石，危险!

又一个巨浪，渔船沉没。浪里似看到有个渔民在拼命挣扎。

王海拿着一根粗麻绳往海中抛去，渔民伸手去抓，可根本抓不住。

王海一次次抛去，一个渔民险些能抓住，又被浪卷走。

王海就呆呆地站在岸边，看着渔船和人都被海浪吹卷得更远，吞没。

81 开山岛山顶 海面 日 外

太阳从海平面升起，王海站在山顶操场，升起的国旗在他身边，他望着海面，海面弥漫着雾，平静的像什么都没发生过。小狗跟着他，打了一个哈欠。

开山岛的营房被包裹在厚厚的冰中，像海浪卷来，留下的海水冻结的冰层。

红霞和王海一前一后地走着。

王海：红霞，你和我吵一架吧。

红霞远远走开了。

82 后山小路

王海绕在后山的小路巡逻，小狗一路跟着王海。小狗叫了两声，王海停下，才发现海里礁石边漂着一点红色，再看是一件暗红色的秋衣，透过礁石缝隙仔细看，有只铁青的肿胀的手。

王海愣了愣。

王海像上香一样点了三根烟，把烟夹在礁石缝里。

王海：这不是你的久留之地，老天保佑，下辈子有个好归宿……

他回身才发现小志国愣愣地站着，似乎都看到了。

小志国：（小声地）爸，我妈说要吃饭了……

王海示意小志国走在前面，自己跟着，小志国走一步就赶紧回头。

83 开山岛 码头 冬 日 外

红霞领着妹妹正在上船，小志国被王海拦抱在怀里。

小志国：刚才不算，再抓一次阄儿，我也要去，我不想在岛上……不要留我在岛上。

红霞心软了，伸手要拉小志国上船。

王海还是死死抱住小志国，一边哄着他。

王海：她们两天就回来了，你给爸做伴，咱们岛上有好东西，不给她们吃。

小志国：你骗我，她们要不回来了怎么办……

王海望了望红霞，红霞避开王海的目光，不愿和他直视，更不愿和他说话。

红霞：妈给你买鞭炮。

船开走了，王海拖着一步三回首的小志国，往营房走。

84 营房边草丛 冬 日 外

一只鸡窝在石缝躲藏着，王海把鸡抱起来，摸摸下面，什么都没有。小志国靠坐在台阶上，饿得苍白又无力。

海上起了大浪，一浪一浪前仆后继地扑打着小岛，发出哗……

哗……的浪涛声。

王海：风太大，你回屋去。

小志国根本不动。

王海回头又盯着小志国看了一眼，以为他会乖乖起身，谁知，小志国依旧不动。

王海摸着口袋掏烟出来，拿出来只是一个空盒。

小志国：你们都是骗子。

王海没有烟正在烦躁。

小志国：你就是想要饿死我，才把我留在岛上的。

王海一把把小志国拎起来，想带他回屋。

小志国：你自己想在这儿，你就自己在这儿，为啥我们都得陪你？你把我生下来干啥，就是想饿死我……

王海气急了按住小志国的屁股就是一顿打，一边打一边说。

王海：叫你瞎说，叫你不听话。

小志国根本无力挣扎，只是流泪。

小志国：你打死我吧，反正我也不想活了。

王海的手悬在空中，像是被抽干了力气一样，松开儿子，一屁股瘫坐在地上，下意识地又把手伸进口袋里去摸香烟，他把空烟盒捏成一团，扔掉，拔了几枝干草，又从兜里掏出报纸条把干草叶卷起来。

小志国看到王海抽烟，一边哭，一边转身往山顶跑。

小志国在一个隐秘的单独的破营房里躲了起来。

小志国：（抹着眼泪小声地）我再也不想见你，你是大坏蛋……

外面风声大起来，在营房里倒是避风，小志国抠着墙上的石头。王海的呼喊声便传来了：

“王志国！王志国！”

声音近了，又近了。

接着远了，又远了。

就这样近了远了，远了又近了。

王海走到儿子王志国躲藏的房间门口，小志国便从窗口轻轻翻出窗去，又躲到另一间屋子里，小志国和王海像猫逮老鼠。小志国干脆铤而走险，翻过一个小矮墙，沿着陡峭的礁石，顺着山边的小路跑去。

王海从营房出来有些焦急，风开始越来越大，王海加紧两步往山顶跑。

山顶，后山小路。

小志国又到了那天发现浮尸的礁石边，他朝那曾经看到手掌的方向的望去，就要看到缝隙时，小志国掉头朝着一条更险的路走去，避开了那块石头。

王海在山顶朝后山去，俯视陡峭的悬崖礁石，只见峭壁上的一块碎石掉落，海浪袭来。

风更大了，王海回头看，两只羊在山顶，沿着边缘吃草，刚往前走了两步，风卷着过来，王海连忙低下头，靠墙边避风，就这避风的瞬间，眼瞧着两只羊被风卷着摔落悬崖，掉在海里。

王海顶着大风，绕去营房另一边。

王海：（几近绝望地叫）王志国！王志国！

除了风声，没有任何回音，王海望着空荡的开山岛，海面大浪翻滚和灰暗的天色融在一起。

远远看见王海背对着山顶，裹着他那已经磨破的外套，蜷缩在操场的北侧墙下。

小志国：（小声地）爸……

王海的背影没有动，似乎没听见，小志国走过去，在王海身边坐下。

王海看到小志国坐下了，一把搂住了小志国，半晌没有说出一句话，小志国看看王海，王海似乎大哭过了，眼睛红红的。

父子两人没有说话，片刻，王海像是下个大决心一样，站起来。

王海：你去捡点儿粗一点儿的枯草抱一捆。

说完，王海自己直往下走去。

85A 营房 冬 日 内

王海抽着烟，看着小志国一脸幸福地喝着鸡汤。

小志国：爸，等我长大了天天都要喝鸡汤。

一地鸡毛。

85B 山顶 冬 夜 外

一家人在海边。

王海：霞，过了年，我就去找陈部长，说死也要下岛……

红霞终于抬头看了看王海。

小志国：爸，炮呢，放炮吧！

小志国和姐姐、妹妹都在边上。

王海举起枪，朝着天空“砰”“砰”连续地开枪。

小志国怀里抱着的收音机里播放着：“青山在，人未老，今宵难忘，难忘今宵。”

86　开山岛　小菜地　日　外

红霞端着一盆土，用小铲子，把新带回来的土一点点替换到菜地里。

红霞：今年土好，“北京”能结不少小瓜。往后来人，还能再种点儿啥。

菜地里写着“北京”的小石碑上的红字已经褪色，王海拿着毛笔和油漆又重新涂写一遍。

王海和红霞直起腰。

王海：要是不刮风还挺美的。

一条船朝着开山岛驶来。

87　营房　夏　日　外

营房门前，陈部长的妻子坐在板凳上。

陈阿姨：他原来说好一点儿就到岛上来……和你再喝一杯。

红霞在一边暗自抹泪。

陈阿姨：这身衣服他一直没舍得穿过，他说还欠你九顶帽子。

王海望着陈阿姨膝盖上整齐叠放着一身军装，一顶帽子。

88 海滩 夏 夜 外

王海蹲在海边，面前一团火，一瓶白酒、两个酒杯，红霞在王海身边，看着王海点着的是一叠厚厚的离岛申请书，离岛两个字消失在火光里成了灰烬。

收音机里的女歌手唱着："1997 快点到吧，我就可以去香港了，可以站在红体育场……"

红霞默默无语地起身走了。

89 李毅的小诊所 日 内

这是一间临街的小诊所，屋里摆放的人体模型上扎满了针，有人在拔火罐。

李毅掀开帘子进了里屋，又拿起红霞的 X 光片。

李毅：红霞，你骨头没大事，但这肾上的炎症可不能拖……都啥年代了，原来两块三一条烟，现在能买一包吗？要么你让他赶紧离岛，要么你就赶紧离婚。你看他怎么选？

90 开山岛海滩 日 外

王海坐在海滩上，把一张张奖状叠成一艘艘纸船，浩浩荡荡的像一个舰队，行驶在雾气腾腾的海面上，王海敲着手里的盆。

王海：船来啦，有礁石！

小狗也跟着叫。

91　开山岛　码头　日　外

饼干盒里，子弹已经生锈，边上鲜红崭新的人民币上清晰可见毛主席的头像。只听见小狗警觉地叫，王海循声望去，只见一条崭新的铁船停在岸边。

92　营房　日　外

小孙穿着崭新的 T 恤、西裤配着一双运动鞋，跟着小孙一起的还有五六个人，其中一个穿着西装，戴着墨镜，领头的人手里还拿着大哥大。

王海领着他们一行人沿着台阶而上，他们不住观察着左右的营房、礼堂，不住地频频点头。

小孙：老王，往后有人来和你一起守岛了。

大门口，开山岛民兵哨所边对面挂上了开山岛旅游服务公司的牌子。

93　开山岛　日－夜　外

一台柴油发电机突突突地启动工作，王海羡慕地在一旁看着帮忙递过一个扳手。有人喝了一口水吐了：王哥，这水哪是人喝的，以后喝我们的矿泉水。

码头上一艘船刚开走，另一艘便停下来，有人搬着一箱箱东西往山上的营房去。

有人在修整房屋，接着电线和灯泡。

开山岛热闹起来。

一个壮汉带着十二个年轻姑娘拎着大包小包，陆陆续续地下了船。

壮汉：（高声介绍）这都是咱们开山宾馆服务员。

王海：海上天气变化快，说不准啥时候就突然起风了。5 点以后后山就不能去人，山洞里也是不能去的。

开山岛上第一次亮起了灯，王海眼瞧着那一盏盏灯，还有红红绿绿的彩灯。

王海：（赞叹）红霞……

王海叫完才发现红霞不在身边。二层、三层营房传来音乐声，“老司机，请你带带我，阿里里、阿里里，”还有人打牌喝酒的声音。

94　开山岛　日　外

褪色的毛主席像前，各色内衣、内裤，挂了一排，一个姑娘出来又挂上一条内裤。

看到王海，姑娘甲不太好意思笑笑，她笑起来很好看，也很年轻。

王海照常在岛上巡逻，沿着台阶而上，路边小菜地里扔着酒瓶，正压在小苗上，挡在“北京”的小石碑前，王海捡起瓶子朝大海扔去。只听见很细小的碎裂声。

第一排营房连着毛主席像前的平台多了一个铁丝栅栏，围了起来。

95 营房－山洞 夜 内

二层、三层的营房里传出音乐声和人的说笑，王海早早熄了灯，远远地望着那灯光。他背了枪，拿了手电，循着山路，看着海滩上有人熄灭了篝火，朝营房走去。忽然发现后山有烟火。王海循着过去，那个年轻姑娘正在烧纸拜祭，见到王海，连忙把手里的小树枝丢在一边。

王海：这块不能点火。

姑娘：（小心地）今天是我爸的忌日……

王海：天黑了，快回去吧。

姑娘：王叔，你穿这身，和我爸简直一模一样，他是排长呢。

王海：你多大了？

姑娘：（神秘而得意地）过年 17 岁了，我身份证上写了 18 岁。我赚了钱就回去，这个老板可厉害啦，那一船都是日本小汽车，全是他的。王叔，你就叫我小莉，我爸就爱这么叫我。

96 营房门前 日 外

小狗汪汪地叫，正在屋里吃饭的王海听着外面有喧哗，连忙背着枪出来。只见三层营房的平台前，小莉正捂着脸哭泣，旁边的姑娘们有的在围观，有的想劝也不敢上前，壮汉在她面前抽着烟。

小莉：我就是不愿意，打死也不愿意，你别拉我……

壮汉：你把人都打了，下次谁敢来？

壮汉还是伸手去拽小莉。

王海：放手。

壮汉愣了一下。

壮汉：王哥，这是我们企业内部矛盾，你别插手啊。

壮汉对着边上几个打手。

壮汉：让她反省反省。

王海：（举枪，子弹上膛）你试试！

壮汉：王岛主，你这就不好了……

小莉连忙跑去王海身后。

王海用枪指着铁丝网，铁丝网后是褪色了的毛主席像。

王海：谁敢跨过一步，我打死谁。

97　燕尾港镇码头　夜　外

路灯下，红霞背着米袋，大女儿拎着个一大油桶走到码头，仔细看着哪条船准备出发。

船夫：（为难地）嫂子，今天实在不往那边去……

鲍师傅：（招呼红霞）拿过来吧。

红霞：（很不好意思又感激）不能老让你专门绕路。

鲍师傅：老王要啥时候不守岛了，就和我一块儿出海，一年不少挣呢。

红霞苦笑下没说话。

98 营房 夜 内

王海翻了个身，有人敲门。

小莉：王叔，你睡了吗？

王海：一有船你就下岛，快睡吧。

王海合上眼，只听门外窸窸窣窣地。

王海：小莉？……

嘈杂的脚步声，王海警觉地坐起，还没点着身边的蜡烛，屋门就被咣咣两下砸开，混乱的手电光线，照的王海睁不开眼睛，迅速涌进来七八个男子，王海正要去拿枪，却被两个人同时架住，不知道是谁一拳就打在王海的鼻子上，王海视线模糊，隐约看着有人拿起他给小志国做的木头小手枪，翻看日志本。

小狗冲着这群人叫不停，被人一脚踢飞。

壮汉：王哥，这是你自找的。

王海还没说完，壮汉又接话。

壮汉：关起来。

外面有人正在砸山洞的大门，几个人架着王海拖出营房，壮汉站在营房门前，看着黑暗中，几个人将王海拖到海滩，围着殴打。

壮汉拿蜡烛将日志本子点着了，回手丢在屋里。

王海被人按着跪在海滩上，模模糊糊地看着小莉被人拽走，洞门轰地塌了，火光从第一排营房自己的屋子里蹿出来。

有人一枪托砸在王海额头上，王海眼前黑了。

99 海面 夜 内

远望开山岛，有火光。

100 开山岛码头 日 外

红霞登上码头，没有一个人接应，她朝营房望去，只见几间屋子被烧得面目全非。红霞加快了脚步往营房走去。

房间里一片焦黑，用了多年的烧水壶被掉下的房梁砸扁了。红霞往里走了一步，踩到一只白酒瓶。

壮汉：嫂子啊，别往里去。

红霞：（回头紧张地）王海呢？

壮汉：王哥说要下岛去找你，估摸着走的时候烟头的火是没灭净的，也不知道啥时候着起来，等我们半夜发现都来不及灭了。

红霞：他啥时候走的？

壮汉：前天，前天白天，搭我们的船。

红霞半信半疑地看着壮汉。

壮汉：咋啦，他没到家？

红霞：（沉了片刻）也可能我们走岔了……

101 李毅的小诊所 日 内

红霞、李毅、小孙在小屋里。

李毅：山洞里我们都翻遍了，人呢？

小孙：（百口莫辩）红霞，我是上去过一次，可后来咋样，我是真不知道！

李毅：你和他们不是一伙的吗？

小孙：我就是给王海找个挣钱的活儿，人家也不愿意带我啊。再说，搞得太大，我也怕。

红霞：现在有十天了，王海是死是活我都不知道……

小孙：这班人能搞走私，都有门道，要人命的事……

小孙迟疑了下，看看红霞。

小孙：应该也不至于吧。

102 镇街上 日 外

红霞带着三个孩子在电线杆上贴下寻人启事，姐姐刷好糨糊，妹妹把寻人启事递给红霞贴上，小志国拎着糨糊桶。

人武部门口门卫要把刚贴好的寻人启事揭下来，还没走远的红霞回头正好瞧见。

门卫：领导们都知道这事，你就别闹了……

红霞就盯着门卫不说话。

门卫不忍心又把启示录贴在大门口，红霞和三个孩子身影才远去了。

陈部长的爱人骑车经过小饭馆门口，几个人正在围观启事，陈阿姨停车下来望着那启事。

103 人武部大院 日 外

陈阿姨带着红霞、妹妹和小孙站在人武部的办公楼门口。

新任部长和其他干部一个劲儿地劝解。

陈阿姨：我不用进去，在这儿说，大家都听得清楚。守岛十多年，人就这么在岛上没了，公司是你们允许开的，人在哪儿没的，在哪儿找出来。

红霞：（看着小孙）你做个见证……

小孙点点头，又缩了回去。

新部长：你消消气，我们一直在找，真是没有一点儿下落。

红霞：你们为啥不把那个公司的人叫出来？陈部长走了以后，你们谁去岛上看过一眼吗？

新部长：你这话就不对了，我们一直都在安排，工资也没落下过啊。

红霞还要争辩，被陈阿姨拦住。

陈阿姨：今天我们先回去，你们要找，我也会找，你们不找我就到警备区找，到电视台广播找，闹出人命，我就不信你们屁股底下这把椅子还能坐得住。

陈阿姨带着红霞离开，小孙跟在后面，临了小孙看了看新部长。

小孙：（小声对着那帮干部）听说陈部长的儿子升处长了……

104 派出所 日 内外

一摞摞刑事案件的卷宗和照片。

派出所所长起身带着陈大夫和红霞走在通往停尸间的路上。

在法医停尸房的门前，他们停住了，门打开，半掩着门帘，红霞掀开门帘进去。隔着门帘可以看到红霞的脚步停在一张停尸台边上。

红霞出来了，眼圈憋得通红，她摇摇头。

所长：真不想再找你们过来比对了，不过，失踪50天……这个……

红霞：他在，他肯定在，他要出事了，一定会托梦给我。

所长：陈处交代了，我们一定尽力找。

105 拘留所 日 内

警卫敲打着拘留所某间囚室的门，放饭进来，结果发现上一餐饭还一口没动。

王海闭着眼睛靠在墙边坐着，一动不动。他须发很长，如同当年第一次困在开山岛的样子，他头边的墙壁上映着阳光的部分隐约可见指甲抠刻出的一个个“正”字。

门打开了，一个看守在门口叫。

看守：你出来。

王海走出牢房，被戴上手铐，带往别处。

另一房间内，红霞、陈阿姨和穿着军装的陈部长的儿子（酷似陈部长）都站了起来，王海望着他们，像当年在岛上待了多日，失去了语言。

红霞瞬间泪崩，只剩无声的流泪，王海无比怜悯地望着红霞。陈阿姨亦忍不住眼泪，陈部长的儿子扶了她一下。

陈儿子：妈，你先坐……

陈部长的儿子从看守手里接过钥匙。

看守：手续都办完了吧，寻衅滋事，可叫他别惹麻烦了。

陈儿子：王海叔，你还记得我吗？

王海望着红霞，依旧愣愣地，他极瘦、沧桑而憔悴，额角上还带着伤疤。

106　王海家　日　外

王海跟着红霞孩子们走进老家的院子，落满尘土的门窗，墙壁也破败不堪。

王海想要点火却看着煤气炉无从下手，女儿麻利地点火，做饭。

院里的老树上锁着王海当年的自行车锈迹斑斑，王海摸了一下，才发现那车锁的链条已经被长出来的树枝包裹在里面。

屋内靠墙的五斗橱上摆放着王海父亲的遗像，零落的供盘和香灰落了厚厚一层。

107 浴池 日 内

王海和李毅泡在浴池里，如同当年王海上岛前时，只是浴池破旧了许多，墙边挂着“敬告新老顾客，不日停业装修”的字样。

李毅：（一边往身上撩水也不看王海）要么去那个厂的保卫处，安稳，要么去上海，一年几万块是少不了的。

王海原本把脸埋在水里，一个泡澡的小男孩假装潜水，王海正要对他笑笑，小男孩突然一脸惊恐。

王海抬起头，只听见小男孩的哭声。

“那是鳄鱼的腿……”

“有皮肤病怎么还来公共澡堂呢。”

李毅：（连忙朝人解释）他那个不传染，就是太湿寒了闹的……

王海看着水下，悄悄把自己的腿收起来。

108 王海姐姐家 日 内

孩子们在外面看着电视，王海的母亲已经白发苍苍，王海的姐姐大声在他耳边说。

姐姐：妈！王海回来了。

王海妈看着面前的王海却不认得。

王海妈：二子和他家里的都在开山岛呢，给国家守岛呢，他不容易啊！

王海望着老母亲，电视里传来《还珠格格》的声音，只听见小燕子叫嚣着：虫子和鳝鱼一起溜，兔子和乌龟一起跑。有人细声解释着，是从善如流、殊途同归。

109　墓地　日　外

一片林立的墓碑中，隐隐看到一个人身影，他靠坐在墓碑边，手里拿着一瓶白酒。这是陈部长的墓，上面一小片陶瓷印着他戴着军帽的头像，王海的脑袋靠在墓碑边缘，他似想问“我是错了吗？”，可抖得说不出话，只有眼泪止不住地流，他捂住脸，白酒洒了一地。

远处，红霞默默地望着孤独的王海把头埋下去，隐隐听见撕心裂肺的哭声。红霞抹掉自己眼角的泪。

110　王海家　夜　内

家中昏黄的灯光下，红霞望着王海给面前的两只酒杯都斟满酒。

王海端起酒杯。

王海：这辈子我欠你的，下辈子我一定还上。

红霞：（低头摸着酒杯）下辈子在哪儿啊？

王海无言，一口气把酒饮尽。

王海：我没让你过上好日子，我认；但凡能让你过得更好，我都愿意，你有啥想法，就去做，我没有半个不字。钱都归你。

红霞：你要出了门，这个家，就真的散了……

说完，王海没说话，红霞一饮而尽。

111　开山岛　日　外

几十名战士跳下船，登上开山岛码头。

远望去一艘船停靠在开山岛边上，一个班的战士在修整王海被烧毁的房屋。

王海走进三层的一间营房，墙上还贴着一张电影海报，海报上的女明星，又像红霞年轻时，又像那个小姑娘小莉。

小狗欢快地朝他跑来，王海蹲下来，摸摸小狗的脑袋，小狗瞎了一只眼睛，但仍然激动不已地摇着尾巴。王海起身朝前走去，小狗跟着他。

112　街道夜市　夜　外

路边林立的广告牌、发廊、KTV 喇叭里播放着各种流行歌曲，镇街上的夜市繁华。

正在打牌的小孙刚输了一把，正懊丧时忽然看见红霞独自走进一间灯红酒绿的店。小孙跟着就去了。

小孙扒在一间紧锁的 K 房外，只见红霞独自一人坐在屋里。

音乐一首接一首震耳，红霞趴在桌上放声大哭。

113　开山岛　营房　山洞　日　内外

红霞起身，王海低头不语。红霞像最后告别一般，走走看看。

看着山洞里放着两人曾经点在酒瓶上的蜡烛，墙壁上刻着若干的

“正”字。红霞泪如雨下。

红霞：我真的不想在岛上，可只要一回到城里，就每天还会想离婚的事。

王海默默走到她身后，死死抱住她，抱得更死，更紧，两人像扭打、挣扎撕扯着对方的衣服，滚在地上，红霞不住流泪。

小狗在洞口，歪着头看了一眼，枪在一边。

114 开山岛山顶 冬 日 外

王海和红霞穿着厚厚的棉服，把国旗插在旗杆上。

收音机里传来新闻播报声。

“今天是 2000 年，1 月 1 日，星期六，农历十一月二十五……”

115 开山岛 夏 夜 外

干部：（为难地）王岛主，这也是上级的规定，这些枪都要统一管理。

王海恋恋不舍地望着手里的枪，交给对面一个干部模样的人。

王海和红霞收掉国旗，望着海上奇幻的火烧云。

漫天繁星，王海和红霞坐在花坛的无花果树下纳凉，树干已经有碗口那么粗，被海风吹得弯曲倔强地生长。收音机里传出申奥成功的实况。

灯塔的光一明一暗，表示着漆黑海面上包裹在繁星下的开山岛。

116　镇车站　夏　日　外

王海依旧穿着他的黄军鞋，褪色的海魂衫，王志国已经长成了十几岁的少年。几个学生经过，望着王志国，像是认识。王海接过小孙手里的钱，回头对着王志国命令。

王海：给你孙叔叔鞠躬。

王志国偷偷望一眼窃窃议论的同学，涨红了脸，鞠了一躬。

小孙：老王，当初我要留岛上，说不定我儿子也像志国一样，哪像现在就知道打架打游戏……

王志国自己走得远远的。

117　开山岛　夏　日　内

红霞看着锅里咕嘟嘟烧开的水发呆，只听见外面王志国的声音。

王志国：没钱就不读了，燕尾港都被你借遍了……

王海：王志国，你要敢去打工，我打断你的腿。放着书不读，不走正道。

王海坐在屋里，抽着烟，王志国已经成了一个 16 岁的少年，虽然站在王海面前，但是依旧倔强，别过脸不看王海。

王志国：我姐辍学了，就是因为交不起学费，我要到城里去读高中每年就是五千赞助费，妹妹还要上学……你真心为我们想过吗？你守着这个吧，你守全中国、全世界我都不管，我要挣钱，带我妈过好日子……

王海掐灭烟，抬手给王志国就是一耳光。

118 营房 夏 夜 内

营房黑漆漆的，隐隐听见屋里王海和红霞说话的声音。

红霞：孩子大了，不能打了，要讲道理。你咋了……

王海：气得我胃疼。

屋里的蜡烛被点亮了。

119 镇医院 日 内外

王志国和红霞拉着板车，板车上躺着王海，疼得一动不动。

办公室里，大夫接过红霞手里的 X 光片。

大夫：这种病我们确实没见过，腹腔开始积水，肝脏肿大，很严重，陈大夫托省里的医院会诊，是不是还能有办法，我就不知道了。你们有单位，或者公费医疗吗？

红霞看眼王志国，摇摇头。

大夫：（看着片子）哟，他肋骨还折断过？这都错位了……

红霞：是摔过一次……

病床上的王海刚刚苏醒，依旧紧咬牙关，红霞和王志国都在病床边，大姐和妹妹也匆匆进了病房。

王海：（依次望着他们）……明天就接我出院，家里就这点儿钱，不要被我糟践了。小国子，再难也要把书念完，见识多了，你才能知道这世界是啥样的，我要走了，你是家里唯一的男人，要能扛得起来。你们都是懂事的好孩子，我一提你们脸上就有光了……你爸我一辈子没有做过一件伤天害理的事，唯独对不住你们，恨我也罢，我不怪你们，人一辈子要知道自己该干啥，那是他命好，我没本事，这辈子就干了这一件事，这就是我的命，等我走了，把我的骨灰撒在开山岛，让我把这事干完吧。

王海拉着红霞的手，颤抖着嘴唇，“下辈子……”那三个字含在嘴里，始终没有发出声音。

红霞泪如雨下。

夜里，只剩了红霞和王海，红霞把王海的头抱在怀里。伴着监测仪器的嘀嗒声，红霞和王海轻声地聊天。

王海：把折子上的钱取出来，去掉住院费，就还差一千……我找李毅打听过，我的肾还好，万一不行，能卖一个。

红霞：瞎说！

王海：真要能卖个一二十万，我也踏实了……

红霞：你说这辈子都要听你的，但凡你听我一句……

王海摆摆手，示意红霞不要说下去。

王海：走一步，看一步。

120　李毅的小诊所　夏　日　内

王海撩起衣服。

王海：不就是有水吗，你把它抽出来。

李毅拿着药棉和针管的手抖个不停，他拿药棉在王海的胸前消毒。

王海咬紧了牙，汗珠滴落。

121 开山岛 夏 日 外

红霞扶着王海走出营房，王海松开红霞的手，自己坚持着走。

122 开山岛 冬 日 外内

红霞穿着棉袄坐在海滩上，身边放着一筐海贝，冻得有些发抖，她腰上拴着一根背包带，长长的背包带另一头拴在王海的腰上，王海穿着胶皮裤，背着筐，他又闷头下水去。海浪涌过来，红霞连忙拉拉背包带，王海又直起身，把捡到的牡蛎扔进背后的筐里。

屋里，依旧是昏黄的蜡烛，红霞在纸上计算着钱数，桌上摆着零零整整的钞票，几个筐都空了。王海的腿没在水桶里，他又拎起壶，水桶里冒出一些蒸汽，王海拿起白酒喝了一口，手指关节红肿弯曲着。

123 长途车 夏 日 外

王海把行李交给王志国，父子俩上了大巴车。

王海：你坐到后面去。

王志国望着父亲的头靠在车窗上，像疲惫得睡着了，鬓角已经斑白，黝黑而粗糙的皮肤上皱纹像刀刻出来的。

王志国忍不住落了泪。

124 开山岛 夏 日 外

开山岛码头上，王海、红霞带着两只小狗迎接着两名穿军装的干部和几个带着摄影器材的记者。

记者：太不可思议了，这儿居然真的有人住。“王岛主”，你这可是超级无敌海景别墅啊。

王海笑笑没有说话。

花坛边，记者看着那歪歪扭扭的无花果树，突然在树干上发现一行刀刻的痕迹，仔细辨认，一行写着北京奥运会胜利开幕，另一行刻着，热烈庆祝北京申奥成功，地下的字随着树干的生长，已经被撑大了许多。

王海和红霞都换上了新的民兵制服，镜头前有点局促。

记者：嫂子，你也说两句。

红霞害羞地连连摆手。

记者：我们采访了王志国，他刚考上研究生，对吧，你们想不想听听他怎么说？

王海和红霞看着摄影机的回访里，王志国接受采访。

王志国：很小的时候，我躺在礁石上，听着海涛声，望着蓝蓝的天，偶尔有陆地上的人来了，会很惊奇地说，“看，这就是海岛上的小孩，果然不一样”。那时候我不明白什么叫“不一样”，甚至误认为“不一样”也许是一种赞扬。后来明白了，“不一样”就是人皮肤黑，穿得土，夹着盐水的海风风干了皮肤，我们只能穿亲戚小孩穿过的衣服。

我姐当时去码头给人分货，就是捡小鱼小虾，一个小时给两块钱，那时候她 13 岁，我和妹妹一想我妈了，她就给我们一人五毛钱，哄我们买糖吃，有一天她一边炒菜一边哭……我爸守岛，我妈守我爸。

红霞看着小屏幕里的王志国忍不住擦眼泪。

王海和记者喝着酒。

王海：男儿流血流汗，不能流泪……

说着时，王海的眼泪止不住地落下。

王海：……那天来了一个老头，原来就在开山岛当兵的，他上来就哭了，说这儿和他离开的时候一样，一样……

125 剧场 秋日外

女演员：啊，大海啊，你能听到我的诉说吗？

舞台上演员们夸张而深情地表演着。王海和红霞局促不安地坐在观众席正中，他们身边坐着的都是军长、师长。

王海：（小声问红霞）这演的是咱俩吗？

126 开山岛 日 外

朝霞中，王海红霞手里拿着小收音机，播送戏曲，领着小孙女一路往山顶去，屋顶装上了卫星天线，太阳能热水器，他们看看周边的海面，小狗跟随着。

王海：昨晚我做了个梦，梦见开山岛像船一样，我也没找到舵，它漂着漂着就和岸连上了，大妮、小国子他们都在，结果眼泪就流成了河，我还想，海里怎么会有条河呢？就醒了……

红霞：小国子刚打电话说能回家过年来。

王海：（淡淡地笑笑）北京好，南京好，车多，人也多，太吵……

王海领着小孙女顺着台阶往上爬。

王海：再来，206、207、208！

王海和孙女登上了山顶平台，他把孙女举过围墙，孙女大叫。

孙女：你看！

山下忙碌着的红霞也往远处看，天边出现了海市蜃楼，高楼林立的大厦，汽车。粉刷一新的开山岛被海天包裹着，白色的房屋，远望着好像海上的布达拉。

后记

0.013 平方公里，208 级台阶，41 间营房，26 棵马尾松，30 年时间，19 台听坏的收音机，179 面破损的国旗。

2013 年 2 月，政府特批开山岛为全国最小的行政村，村民两人。

开山岛纪实画面。

图书在版编目（CIP）数据

因为有你 / 杨薇薇著 . -- 南京 : 江苏凤凰文艺出
版社 , 2020.8
（青年作家创意写作书系）
ISBN 978-7-5594-4292-5

Ⅰ . ①因… Ⅱ . ①杨… Ⅲ . ①中篇小说 - 小说集 - 中
国 - 当代 Ⅳ . ① I247.5

中国版本图书馆 CIP 数据核字 (2019) 第 281656 号

因为有你

杨薇薇 著

出版人 张在健
责任编辑 张 倩
特约编辑 王美元
装帧设计 WONDERLAND Book design 仙境 QQ:344581934
出版发行 江苏凤凰文艺出版社
南京市中央路 165 号，邮编：210009
网址 http://www.jswenyi.com
印刷 三河市兴国印务有限公司
开本 880 毫米 ×1230 毫米 1/32
印张 9.25
字数 186 千字
版次 2020 年 8 月第 1 版
印次 2020 年 8 月第 1 次印刷
书号 ISBN 978-7-5594-4292-5
定价 46.80 元